सरश्री

अंधविश्वास का खुलासा

भ्रम से बाहर कैसे निकलें

सब मान्यताओं का खेल है,
अण्डरस्टैंडिंग इस द होल थिंग

अंधविश्वास का खुलासा - भ्रम से बाहर कैसे निकलें

ISBN : 978-93-87696-73-0

© Tejgyan Global Foundation

All Rights Reserved 2011
Tejgyan Global Foundation is a charitable organisation with its headquarter in Pune, India.

सर्वाधिकार सुरक्षित

वॉव पब्लिशिंग्ज् प्रा. लि. द्वारा प्रकाशित यह पुस्तक इस शर्त पर विक्रय की जा रही है कि प्रकाशक की लिखित पूर्वानुमति के बिना इसे व्यावसायिक अथवा अन्य किसी भी रूप में उपयोग नहीं किया जा सकता। इसे पुनः प्रकाशित कर बेचा या किराए पर नहीं दिया जा सकता तथा जिल्दबंद या खुले किसी भी अन्यरूप में पाठकों के मध्य इसका परिचालन नहीं किया जा सकता। ये सभी शर्तें पुस्तक के खरीददार पर भी लागू होंगी। इस संदर्भ में सभी प्रकाशनाधिकार सुरक्षित हैं। इस पुस्तक का आंशिक रूप में पुनः प्रकाशन या पुनः प्रकाशनार्थ अपने रिकॉर्ड में सुरक्षित रखने, इसे पुनः प्रस्तुत करने की प्रति अपनाने, इसका अनूदित रूप तैयार करने अथवा इलेक्ट्रॉनिक, मैकेनिकल, फोटोकॉपी और रिकॉर्डिंग आदि किसी भी पद्धति से इसका उपयोग करने हेतु समस्त प्रकाशनाधिकार रखनेवाले अधिकारी तथा पुस्तक के प्रकाशक की पूर्वानुमति लेना अनिवार्य है।

प्रथम आवृत्ति : सितंबर २०११

द्वितीय आवृत्ति : जून २०१९

प्रकाशक : वॉव पब्लिशिंग्ज् प्रा. लि., पुणे

Andhvishwas Ka Khulasa - Bhram Se Baahar Kaise Niklen
by **Sirshree** Tejparkhi

प्रस्तुत पुस्तक 'जीवन दर्शन और मान्यताएँ' इस नाम से पूर्वप्रकाशित की जा चुकी है।

जिन्होंने खबरदारियों का
पालन करवाने के लिए,
मान्यताओं का सहारा लिया,
उन पूर्वजों को समर्पित।

सरश्री द्वारा रचित श्रेष्ठ पुस्तकें

१. इन पुस्तकों द्वारा आध्यात्मिक विकास करें

- विचार नियम – आपकी कामयाबी का रहस्य
- आध्यात्मिक उपनिषद्
- शिष्य उपनिषद्
- ली गीता ला – लीला और गीता का अनोखा संगम और प्रारंभ
- २ महान अवतार – श्रीराम और श्रीकृष्ण
- जीवन-जन्म के उद्देश्य की तलाश – खाली होने का महासुख कैसे प्राप्त करें
- सत् चित्त आनंद – आपके 60 सवाल और 24 घंटे
- निराकार – कुल-मूल लक्ष्य

२. इन पुस्तकों द्वारा स्वमदद करें

- स्वास्थ्य के लिए विचार नियम – मनः शक्ति द्वारा तंदुरुस्ती कैसे पाएँ
- विश्वास नियम – सर्वोच्च शक्ति के सात नियम
- नींव नाइन्टी – नैतिक मूल्यों की संपत्ति
- वर्तमान का जादू – उज्ज्वल भविष्य का निर्माण और हर समस्या का समाधान
- नास्तिकता से मुक्ति – उलटा विश्वास सीधा कैसे करें
- इमोशन्स पर जीत – दुःखद भावनाओं से मुलाकात कैसे करें
- समय नियोजन के नियम – समय संभालो, सब संभलेगा
- मन का विज्ञान – मन के बुद्ध कैसे बनें
- तनाव से मुक्ति
- रहस्य नियम – प्रेम, आनंद, ध्यान, समृद्धि और परमेश्वर प्राप्ति का मार्ग
- डर नाम की कोई चीज़ नहीं – अपने मस्तिष्क में विकास के नए रास्ते कैसे बनाएँ

३. इन पुस्तकों द्वारा हर समस्या का समाधान पाएँ

- खुशी का रहस्य – सुख पाएँ, दुःख भगाएँ : ३० दिन में
- विकास नियम – आत्मविकास द्वारा संतुष्टि पाने का राज़
- समग्र लोकव्यवहार – मित्रता और रिश्ते निभाने की कला

४. इन आध्यात्मिक उपन्यासों द्वारा जीवन के गहरे सत्य जानें

- मृत्यु पर विजय – मृत्युंजय
- स्वयं का सामना – हरक्युलिस की आंतरिक खोज
- बड़ों के लिए गर्भ संस्कार – १० अवतार का जन्म आपके अंदर
- सन ऑफ बुद्धा – जागृति का सूरज
- सूखी लहरों का रहस्य

| विषय सूची |

प्रारंभ	सुंदरता दृश्य में नहीं, देखनेवाले की आँखों से झाँकनेवाली मान्यता में है।	7
भाग १	मान्यता है पिंजरा, मान्यता है जेल समझ से यह है समझना, सब मान्यताओं का है खेल	13
भाग २	ऊपरी और बाहरी मान्यताएँ, छोटी लेकिन खोटी मान्यताएँ, मान्यताओं के पेड़ के पत्ते छोटे हैं पर अनेक हैं	17
भाग ३	पैसे की गलत मान्यताएँ, धारणाएँ समझ की दौलत मान्यताओं की दरिद्रता	45
भाग ४	बच्चे के परवरिश से जुड़ी मान्यताएँ बच्चे को सिर्फ बताएँ नहीं बल्कि दशाएँ	49
भाग ५	प्रार्थना की मान्यताएँ, आराधना की धारणाएँ सच्ची पूजा की पहचान	56
भाग ६	ईश्वर की मान्यताएँ, दर्शन की धारणाएँ परमात्मा की कल्पनाएँ	64
भाग ७	आध्यात्मिक जीवन की मान्यताएँ पचास साल के बाद स्वर्ग-नर्क के साथ एकांतवास	71

भाग ८	आत्मसाक्षात्कार की मान्यताएँ दुःख और सुख, फायदा और नुकसान, साठ साल का तप, सात जन्म के बाद शक्ति और चमत्कार, विकार मुक्ति के बाद	82
भाग ९	गुरु की मान्यताएँ क्या गुरु पानी पर चलें, क्या गुरु आकाश में उड़ें क्या गुरु चंदन, माला, भभूत लगाएँ	107
भाग १०	आध्यात्मिक जीवन की बच्चों से संबंधित मान्यताएँ जो बच्चे हैं वे बच जाते हैं, जो कट्टर हैं वे डूब जाते हैं	112
भाग ११	पुस्तक पढ़ने के बाद मान्यताओं के चश्मे उतारें	116
भाग १२	तेजज्ञान फाउण्डेशन, मान्यता मुक्ति केंद्र	120
	परिशिष्ट तेजज्ञान फाउण्डेशन की जानकारी	123-136

प्रारंभ

सुंदरता दृश्य में नहीं, देखनेवाले की आँखों से झाँकनेवाली मान्यता में है

धर्म,
धारण करने की
जरूरत है,
धर्म बदलने की
जरूरत नहीं है।
धर्म पर अमल
करने से अमन
होगा,
और मन 'न-मन'।

'मान्यता, गलत धारणाएँ, अनुमान' – इस विषय पर लोगों द्वारा सर्वेक्षण किया गया। इस सर्वेक्षण में यह देखा गया कि हर इंसान किसी न किसी मान्यता का, अंधविश्वास का शिकार है। कोई इस बात को मानता है कि बिल्ली का रास्ता काटना अशुभ होता है तो कोई यह मानता है कि ईश्वर नाराज होता है। कोई इस पर यकीन रखता है कि छिपकली का गिरना अशुभ होता है, कोई कहता है झाड़ू उलटा नहीं रखना चाहिए। कोई इस बात को मानता है कि काला कपड़ा पहनना अशुभ होता है तो कोई इस बात पर यकीन रखता है कि रात के वक्त झाड़ू नहीं लगाना चाहिए। कोई कहता है लड़कियों को शमशान घाट नहीं जाना चाहिए, कोई इस बात को मानता है कि आइने का टूटना अशुभ होता है। कोई सोचता है हाथ में खुजली होने से पैसा मिलता है तो कोई मानता है किसी महत्वपूर्ण काम के लिए तीन लोग नहीं जाने

चाहिए। कोई इस पर विश्वास रखता है कि आँख फड़कना अशुभ होता है तो कोई इस पर विश्वास रखता है कि कुत्ते का रोना अशुभ होता है। कोई कहता है घर में नाखून नहीं काटने चाहिए तो कोई इस बात पर विश्वास रखता है कि ज्यादा हँसोगे तो रोना पड़ेगा। कोई कहता है किसी घर में पिता अथवा बड़े-बूढ़े की मृत्यु हुई तो बेटे को बाल कटवाने चाहिए, कोई यह मानता है कि हाथ में नमक लेने से झगड़े होते हैं। इस तरह अनगिनत मान्यताएँ सदियों से बनती आ रही हैं। हम जिस समाज में रहते हैं वहाँ पर लोगों की क्या मान्यताएँ हैं और उनका हमारे जीवन पर क्या परिणाम हो रहा है, यह जानना आवश्यक है। यदि उन मान्यताओं का परिणाम हम पर गलत हो रहा है तो हमें जल्द से जल्द सजग होकर उन मान्यताओं का कारण व उपाय जान लेना चाहिए। यह सजगता आनेवाली पीढ़ियों के लिए वरदान बनेगी वरना नई पीढ़ी भी अंधविश्वास से उन मान्यताओं का दुष्परिणाम भोगेगी।

इस सर्वेक्षण में सबसे ज्यादा मानी जानेवाली मान्यताएँ हैं - कुत्ते का रोना अशुभ होता है, आँख फड़कना अशुभ होता है, ज्यादा हँसोगे तो रोना पड़ेगा, झाडू उलटा नहीं रखना चाहिए, घर में किसी की मृत्यु होने पर बाल कटवाने चाहिए इत्यादि।

मान्यताएँ क्या हैं? ऊपर दिए गए सर्वेक्षण से आपको पता चल ही गया होगा कि मान्यताएँ यानी क्या? मान्यता यानी कुछ गलत धारणाएँ, भ्रांतियाँ और अनुमान। मान्यता का अर्थ कुछ ऐसी बातें, जिन पर मन विश्वास करता है लेकिन जो सच नहीं हैं। वे बातें हमें सच लगती हैं क्योंकि आस-पास के सभी लोग उस बात पर यकीन करते हैं। सभी को उस बात पर यकीन करते हुए देख हम भी वे बातें मानने लगते हैं। हमें देख आगे आनेवाले हमारा अनुकरण करते हैं। इस तरह मान्यताओं का जाल फैलते, फलते, फूलते रहता है। मान्यताओं के रहते लोग असली 'जीवन दर्शन' नहीं कर पाते।

यदि किसी ने हमें कह दिया कि बिल्ली रास्ता काटकर जाए या तेरह का अंक अशुभ होता है तो हम भी इस बात को मान लेते हैं और उस विचार को मन में लेकर जीते हैं लेकिन ऊपर दी गई मान्यताओं का कोई उचित कारण नहीं है। ये मान्यताएँ क्या देखकर बनाई गईं, इनके कारण जरूर हैं, जो इस पुस्तक में दिए गए हैं।

बेहोशी में मान्यताएँ कैसे बनती हैं :

एक गाँव के पंडितजी रोज मंदिर में पूजा-पाठ करते थे। उनकी एक प्यारी सी बिल्ली थी, जो पंडितजी से बहुत प्यार करती थी। पंडितजी जहाँ भी जाते तो वह उनके पीछे-पीछे जाती थी। हर पल वह पंडितजी के पाँवों में आगे-पीछे रहती थी। पंडितजी

उस बिल्ली से बहुत खुश थे, सिवाय एक बात के कि बिल्ली पूजा के वक्त पंडितजी को बहुत परेशान किया करती थी।

पंडितजी जब पूजा करते थे तो पूजा की सब सामग्री पहले ही तैयार करके रखते थे। जैसे फूल, अगरबत्ती, दूध, कपूर, धूप, प्रसाद, पानी इत्यादि। जब पूजा करने का समय होता था तो बिल्ली भी वहाँ आकर बैठ जाती थी। वह एक जगह चुपचाप नहीं बैठती थी। कभी दूध गिरा देती थी तो कभी पानी गिरा देती थी। कभी प्रसाद की थाली में मुँह डाल देती थी तो कभी पूजा की थाली को धक्का देती थी। पंडितजी उस वक्त उसे मंदिर के दरवाजे के बाहर छोड़कर आते थे और दरवाजा बंद कर देते थे। मगर वह बिल्ली फिर से आकर शरारत करती थी। दरवाजे पर पंजे मारती रहती थी, चिल्लाती रहती थी। इस तरह वह पूजा में बाधा डालती रहती थी।

पंडितजी ने एक तरकीब निकाली। पूजा के पहले ही वे उसे इस तरह से अंदर बाँधकर रखने लगे कि वह पंडितजी के पास ही रहे पर पूजा की सामग्री के नजदीक भी न पहुँचे। इस तरह से पंडितजी की पूजा-पाठ रोज ठीक ढंग से होने लगी और बिल्ली भी संतुष्ट रहती थी।

कुछ सालों के बाद पंडितजी गुजर गए, बिल्ली भी कहीं चली गई। आगे उनके शिष्यों ने आश्रम की देखभाल करना शुरू किया। अब जैसे पंडितजी पूजा-पाठ करते थे, उसी प्रकार उनके शिष्य भी सारे कार्य करने लगे। जैसे ही वे पूजा करने बैठे तो उन्हें याद आया कि पंडितजी पूजा के वक्त एक बिल्ली बाँधा करते थे तो हमें भी वैसा ही करना चाहिए। अब बिल्ली तो वहाँ थी नहीं तो उन्होंने कहीं से बिल्ली पकड़कर लाई और उसे बाँधकर ही पूजा करने लगे। वे यह समझ रहे थे कि बिल्ली को बाँधकर रखना प्रार्थना का एक हिस्सा है। अब वे हमेशा के लिए पूजा के वक्त बिल्ली बाँधकर ही पूजा करने लगे। उन्हें अंत तक यह समझ में नहीं आया कि बिल्ली को क्यों बाँधा गया था। हमारे पंडितजी ऐसा करते थे तो हमें भी ऐसा ही करना है, यही उनकी धारणा थी। अंत तक वे इसी मान्यता में रहे कि यह करने से कुछ तो होता होगा, पता नहीं बिल्ली किस ईश्वर की वाहन होगी इसलिए बाँधते होंगे, जिस ईश्वर का वाहन बिल्ली है, कहीं वे ईश्वर अप्रसन्न न हो जाएँ। वैसे भी ज्यादातर कहानियों, फिल्मों में हमारे ईश्वर अप्रसन्न ही दिखाए जाते हैं। किसी के खट्टा खाने से, किसी के किसी विशेष दिवस पर बाल कटवाने से या उपवास टूट जाने से अथवा लाल, पीले रंग के कपड़े पहनने से।

पंडितजी के आश्रम में बिल्ली को बाँधना कर्मकाण्ड बना लिया गया। यहाँ तक

कि पूजा में बिल्ली को बाँधना अपने पंथ की विशेषता मान ली गई। सदियों तक उस पंथ में ऐसे कर्मकाण्ड चलते रहेंगे, जब तक कोई सोचनेवाला उस पंथ से जुड़ता नहीं।

बचपन में बच्चों द्वारा एक प्रयोग किया जाता है। एक बच्चा दूसरे बच्चे से कहता है, 'देखो तुम्हारे माथे पर हम एक चवन्नी चिपकाएँगे और तुम्हें बिना हाथ लगाए उसे गिराना है।' फिर वे चवन्नी लेकर उस बच्चे के माथे पर हाथों से जोर से दबाव देकर चिपकाते थे और हाथ हटा देते थे। असल में उनकी शरारत यह होती थी कि जब वे हाथ हटाते थे तो चवन्नी भी निकाल देते थे और उस बच्चे को कहा जाता है कि यह चवन्नी तुम्हें बिना हाथ लगाए गिरानी है। फिर जिसके माथे पर चवन्नी लगाने का खेल खेला गया होता है, वह बच्चा अपने माथे को बहुत झटके देकर चवन्नी गिराने की कोशिश कर रहा होता है। उसे लगता है कि चवन्नी क्यों नहीं गिर रही है। अब वह बहुत परेशान है कि अरे! चवन्नी गिरती ही नहीं है। जो दूसरे बच्चे उसे देख रहे होते हैं कि उसके माथे पर चवन्नी तो है नहीं फिर भी यह ऐसे क्यों झटके मार रहा है, वे हँसने लगते हैं।

इस खेल से समझें कि उस बच्चे ने सिर्फ यह मानकर रखा है कि मेरे माथे पर चवन्नी चिपकी हुई है मगर क्या वाकई ऐसा है? नहीं है। यही मान्यता है, भ्रम है, जो हकीकत नहीं है मगर लगती है कि है। जो चीज आपके पास है और आप मानकर बैठे हैं कि नहीं है और जो चीज नहीं है उसे मानकर बैठे हैं कि है।

खूबसूरती की मान्यता :

जैसे हम कहीं पर अफ्रीकन लोगों को देखते हैं तो उनका काला रंग, घुँघराले बाल देखकर हमें वे बदसूरत या अजीब लग सकते हैं लेकिन वे जितना काला रंग, उतना ज्यादा वह सुंदर, ऐसा मानते हैं। जितने घुँघराले बाल उतना ही वह इंसान खूबसूरत मानते हैं। क्या आपने कभी यह सोचा है कि वे आपको किस तरह देखते होंगे? हमारा रंग, हमारी शक्ल उन्हें कैसे लगती होगी? हर इंसान बचपन से मिली हुई परवरिश, जानकारी अनुसार मानना शुरू करता है। उसकी ये मान्यताएँ विश्वास का रूप लेती हैं। विश्वास हकीकत में बदलता है। जैसा हम यकीन रखते हैं, वैसे सबूत हमें मिलने लगते हैं।

अलग-अलग देशों की अलग-अलग मान्यताएँ हैं। जैसे चीनी लोगों की आँखे बहुत ही छोटी और तिरछी होती हैं, जो हमें अजीब लगती हैं मगर उनके लिए वे ही आँखें खूबसूरती है। वे दूसरे देश के लोगों की आँखें देखकर यह सोच सकते हैं कि बाकी लोगों की आँखों में नुक्स क्यों है। इसका अर्थ सुंदरता दृश्य में नहीं, देखनेवाले

की आँखों से झाँकनेवाली मान्यता में है।

गणेश उत्सव के दिन आपने देखा होगा, गणेश के मूर्तियों की खरीददारी के लिए अलग-अलग स्टॉल्स, दुकानें रहती हैं। जब आप मूर्ति खरीदने जाते हैं तब आप वहाँ रखी हुई सभी मूर्तियों के पाँव नहीं पड़ते। जैसे ही आपने एक मूर्ति खरीद ली, वैसे ही वह मूर्ति आपका इष्ट देव बन जाती है। आप उस मूर्ति के पाँव पड़कर धूमधाम से घर लाकर दस दिन पूजा करते हैं। आपके अंदर श्रद्धा का निर्माण होता है। मान्यता के प्रवेश करते ही अनेक मूर्तियों से अपनी चुनी हुई मूर्ति प्यारी लगने लगती है। मेरी मूर्ति, मेरा चुनाव, मेरी समस्या, मेरा भगवान। मेरी-मेरा की मान्यता जुड़ते ही माया का प्रवेश होता है। केवल मूर्ति (स्टॅच्यु) को ही हम भगवान मान लेते हैं, जबकि ईश्वर हर जीव में है। इस मान्यता के कारण हम यह मान लेते हैं कि मंदिर तक ही भगवान है, मंदिर के बाहर कुछ नहीं है। मूर्ति के बाहर ईश्वर दिखता नहीं है तो हमने ईश्वर को अपनी मान्यता और अंधविश्वास की वजह से सीमित बना दिया है।

मूर्ति पर किसी ने गोबर फेंका तो लोग दंगे-फसाद के लिए तैयार हो जाते हैं। कहीं ये झगड़े और लड़ाई हमारे कर्मकाण्डों का और मान्यताओं का परिणाम तो नहीं? हमारे पंडित, पुरोहित, मौलवी प्रार्थना और पूजा के लिए अलग-अलग मान्यताएँ देकर मनुष्य को मनुष्य से तोड़ देते हैं। मौलवी कहते हैं कि जो पत्थर के मूर्ति की पूजा करते हैं, वे काफिर (अधर्मी) हैं और हिंदू पंडित कहते हैं कि मूर्ति पूजा करो। दोनों के पास अधूरा ज्ञान है। इस अधूरे ज्ञान की वजह से हम ईश्वर के द्वारा बनाई गई मूर्तियों को तोड़ने के लिए तैयार हो जाते हैं। ईश्वर के द्वारा बनाई गई मूर्ति कौन है? ईश्वर के द्वारा बनाई गई मूर्ति है 'इंसान।'

हमारी मान्यताएँ और बाहर देश की मान्यताएँ अलग हैं। विदेशियों को हमारे भगवानों की तसवीरें देखकर आश्चर्य होगा। हाथी का चेहरा रखनेवाला, बंदर की छवि में भगवान हो सकता है, यह उनकी कल्पना के परे हे। लेकिन उनके भगवानों की तसवीरें देखकर शायद हमें अजीब लगे। ईश्वर मूर्ति के चेहरे में नहीं लेकिन उस चेहरे को देखनेवाली आँख से झाँकनेवाली मान्यता में है। यही कारण है कि इस पुस्तक द्वारा मान्यताओं और अंधविश्वासों का खुलासा किया जा रहा है।

नोट : इस पुस्तक में लगभग उन सभी मान्यताओं का समावेश है, जिनके पीछे वैज्ञानिक कारण अथवा सुरक्षा का तर्क है। जो मान्यताएँ केवल डर और लालच देने के लिए अथवा अपना व्यवसाय जमाने के लिए तथाकथित धर्म के ठेकेदारों द्वारा गढ़ी गई हैं, उन मान्यताओं को नहीं लिया गया है।

लोग अकसर मूर्तियों में उलझकर मान्यताओं में फँस जाते हैं। असल में हर मूर्ति अंतिम सत्य की ओर किया गया इशारा है। हर मूर्ति में प्रतीकात्मक ढंग से सत्य दर्शाया गया है। आइए, भगवान शिव की मूर्ति में छिपे प्रतीकों को समझें।

शिव का तीसरा नेत्र, सिर पर चाँद, गंगा बह रही है, नीलकंठ ये सब संकेत हैं। इनके द्वारा इंसान की आंतरिक अवस्था बताने की कोशिश की गई है। ज्ञान की गंगा आंतरिक अवस्था है, जो बता रही है कि अंदर कौन सा ज्ञान है। समझ का नेत्र बता रहा है कि जीवन की हर घटना को तीसरे नेत्र से देखना सीखें। यह ईश्वर का गुण है। ईश्वर सभी को एक ही नजर से देख रहा है। आप किसी को देख रहे हैं तो अपने आपसे पूछें कि 'मैं कहाँ से देख रहा हूँ?' यदि आप तीसरे नेत्र से देखेंगे तो दुःख विलीन हो जाएगा और संसारी आँखों से देखेंगे तो दुःख का निर्माण होगा।

१

मान्यता है पिंजरा, मान्यता है जेल, समझ से यह है समझना, सब मान्यताओं का है खेल।

क्या आपको पता है कि लोग दुःख कतार में खड़े होकर खरीदते हैं और कई ऐसे लोग भी हैं जो दुःख को ब्लैक में भी खरीदते हैं। इसकी कोई जरूरत नहीं, हकीकत यह है कि तेजआनंद हमारा स्वभाव है, दुःख मान्यता है। खुश होने के लिए हमें किसी बाहर के कारण की जरूरत नहीं। जानना है सिर्फ अपने आपको।

क्या आइने अथवा शीशे का टूटना अशुभ होता है? जी हाँ, यदि वह आइना अथवा शीशा आपके सिर पर फोड़ा गया हो तो। क्या बिल्ली का हमारा रास्ता काटना बुरा होता है? जी हाँ, यदि आप चूहे हैं तो।

यदि हाथ में खुजली होने से पैसा मिलता है तो हाथ पर खुजली का पावडर लगाइए। ऐसे आसान तरीके भ्रमित इंसान इस्तेमाल कर सकता है। जेब में मंत्र का कागज रखकर, बाँह में तावीज बाँधकर, घर के दरवाजे, खिड़कियों को अलग दिशा में खोलकर, उँगलियों में अंगूठियाँ पहनकर, डूबनेवाला इंसान तिनके का सहारा ढूँढ़ता है। इसलिए इस तरह की मान्यताओं को बल मिलता है।

मान्यताओं का बल खत्म करने के लिए, मान्यताओं की किताब पढ़ना काफी है। एक मित्र ने अपने मित्र से कहा : 'पुस्तक पढ़कर कोई ज्ञान नहीं मिलता।' तब दूसरे मित्र ने पूछाः 'अच्छा यह बात

तुमने कैसे जानी?' पहले मित्र ने उत्तर दिया, 'एक पुस्तक में पढ़कर।' किसी भी विषय की गहराई को किसी पुस्तक से नहीं जाना जा सकता है यह सही है लेकिन जब तक सही मार्गदर्शन करनेवाला गुरु न मिले, उन पर श्रद्धा न जगे, तब तक पुस्तक से हमें मार्गदर्शन मिल सकता है। परंतु यह भी सच है कि पुस्तकों का चयन सोच-समझकर किया जाए। प्रस्तुत पुस्तक भी एक ऐसी ही पुस्तक है, जिसे पढ़कर मान्यताओं के प्रति जाग्रति आती है और आपको मान्यताओं से मुक्ति की ओर ले जाती है।

मान्यताओं से मुक्ति कैसे मिले?

मान्यता है उस चोर की तरह जो रात के अँधेरे में छिपकर बैठा है। वह इस ताक में है कि लोग सो जाएँ तो वह चोरी कर सके। जब कोई चौकन्ना इंसान उस पर टॉर्च (दीये) का प्रकाश फेंकता है तो वह भाग खड़ा होता है। उसी तरह मान्यता को जब हकीकत की रोशनी में लाया जाता है और समझ द्वारा देखा जाता है, तब मान्यताएँ फिर कभी न आने के लिए भाग जाती हैं। मान्यता तोड़ने के लिए लड़ने की कोई जरूरत नहीं, न ही किसी तप, तंत्र या मंत्र की जरूरत है, सत्य की समझ ही काफी है। इसलिए अपने आपसे पूछें कि आपमें कौन सी मान्यताएँ हैं? आपकी सुविधा के लिए ये सारी मान्यताएँ एक-एक करके इस पुस्तक में लिख दी गई हैं। हर मान्यता के साथ उसका कारण भी समझाया गया है। ध्यान से पढ़ें और मान्यताओं के बनने का राज जानें। एक बार आप मान्यताओं को देखने की कला जान गए तो फिर दुनिया की हर मान्यता के पीछे आप कारण ढूँढ़ पाएँगे।

क्या सभी मान्यताएँ गलत हैं?

मान्यताएँ जब बनी थीं तब बिजली का आविष्कार नहीं हुआ था। उस वक्त कुछ बातों का खयाल रखकर शाम के वक्त झाड़ू नहीं लगाना चाहिए ऐसी मान्यता बनी (या शाम को घर का कचरा बाहर न फेंके इत्यादि)। लेकिन आज बिजली की वजह से रात बारह बजे भी दिन जैसा प्रकाश रहता है। ऐसे दौर में उस मान्यता का कोई कारण नहीं रहा। हाँ, कुछ ऐसी मान्यताएँ भी हो सकती हैं, जो आज भी पालन करने योग्य हैं। लेकिन पालन होश व समझ से हो, अंधश्रद्धा या डर से न हो।

मान्यताएँ क्यों बनीं और किसने बनाईं?

मान्यताएँ बनानेवाले थे हमारे पूर्वज, जो बुद्धिजीवी थे। उन्होंने समय, वातावरण (ठंढा-गरम), परिस्थिति, आवश्यकताओं को देखकर ये मान्यताएँ बनाई जैसे ठंढे देश के लोग हाथ मिलाते हैं ताकि शरीर में दूसरे इंसान की गरमी मिल सके लेकिन गरम

देश में दूर से ही नमस्ते की जाती है। जहाँ लोगों के हाथ पसीने से गीले हो जाया करते हों वहाँ हाथ मिलाना मूर्खता होगी। लेकिन फिर भी लोग बिना समझ, बिना अक्ल के एक-दूसरे की नकल करते रहते हैं। लोगों से कुछ बातें करवाने के लिए या खबरदारियाँ रखवाने के लिए शुभ-अशुभ व ईश्वर का डर या किसी के मर जाने का डर डाला गया ताकि लोग उन खबरदारियों का सही अनुसरण करें। उसे बदलने का प्रयास न करें या ये न कहें कि दूसरों को खबरदारी रखने की जरूरत है, मुझे नहीं। अशुभ के डर से सभी चुपचाप उन चेतावनियों का अनुसरण करेंगे जिससे लोगों की सुरक्षा हो सकेगी।

जैसे गर्भवती स्त्रियों के साथ जुड़ी हुई मान्यताएँ उनकी सुरक्षा व आराम के लिए बनाई गई हैं। बच्चों के साथ जुड़ी मान्यताएँ उनके विकास व सुरक्षा के लिए बनाई गई हैं। शरीर के साथ जुड़ी मान्यताएँ उसके स्वास्थ्य को ध्यान में रखते हुए बनाई गई हैं। मौत/सपनों/शमशान के साथ जुड़ी मान्यताएँ खबरदारियों, डरों को निकालने व सुरक्षा की वजह से बनाई गई हैं। कई सारी मान्यताएँ पुराने वक्त के माहौल, मौसम, समाज की वजह से थीं जिनकी अब कोई जरूरत नहीं है। आज वैसा माहौल नहीं है। लोग जंगलों में अथवा कच्चे घरों में नहीं रहते। आज पक्के घर हैं, बिल्डिंगें हैं, बिजली है, आधुनिक उपकरण हैं। मच्छरों, कॉकरोच, छिपकलियों के लिए आधुनिक उपाय हैं।

अष्ट मान्यताएँ :

मान्यताओं को आठ अंगों में विभाजित किया जा सकता है। ये आठ अंग हैं: स्वर्ग-नर्क की मान्यताएँ, कर्म-भाग्य की मान्यताएँ, ईश्वर-शैतान की मान्यताएँ, ऊपरी-भीतरी मान्यताएँ। स्वर्ग की मान्यता में इंसान की लालच छिपी हुई है और नर्क की मान्यता में इंसान का डर छिपा बैठा है। कर्म की मान्यता में कर्ता भाव, अहंकार छिपा बैठा है, भाग्य की मान्यता में आलस का अवगुण (तमोगुण) समाहित है। ईश्वर की मान्यता में राहत की कामना और शैतान की मान्यता में अपनी गलतियों से विमुख होने की प्रवृत्ति छिपी हुई है। ऊपरी मान्यताओं में सुरक्षा की भावना, भीतरी मान्यताओं में ज्ञान व होश की कमी है।

मान्यताएँ इंसानी कंप्यूटरों का वायरस है। मान्यताएँ हैं अंधेरा तो मान्यताओं की समझ है रोशनी। दोनों एक वक्त में एक साथ नहीं रह सकते। जिस तारीख को अंतिम मान्यता टूटे, वह तारीख आपका सच्चा जन्म दिन है। जिस हवा में मान्यता की बू हो वह दूषित, रोग लानेवाली हवा है। जो हवा मान्यता रहित हो, वह रूहानी हवा है। जिस शरीर में मान्यताएँ वास कर रही हों, वह शरीर खंडहर है, जिस शरीर से मान्यताएँ खत्म हो जाएँ, वह शरीर मंदिर है।

एक इंसान हमेशा गणेश पूजा करके ही खाना खाया करता था। एक दिन वह अपने गाँव जा रहा था लेकिन वहाँ पहुँचने के बाद उसे पता चला कि उसके पास गणेश की मूर्ति नहीं है और वह जिस गाँव में गया था, वहाँ गणेश का मंदिर भी नहीं था। वह भारी दुविधा में फँस गया। उसके पास खाने के लिए सिर्फ गुड़ था। उसी गुड़ से उसने गणेश की एक मूर्ति बनाई।

अब उसके पास पूजा करने के लिए गणेश की मूर्ति तो थी लेकिन उसे भोग चढ़ाने के लिए कुछ नहीं था। कुछ देर सोचने के बाद उसने उसी गुड़ की मूर्ति में से थोड़ा टुकड़ा निकालकर इस समझ के साथ भोग चढ़ाया कि ईश्वर का ही ईश्वर को चढ़ा रहे हैं लेकिन चढ़ानेवाला भी तो वही है। अज्ञान में इंसान को ऐसा लगता है कि एक ईश्वर है, एक गुड़ है, दोनों अलग-अलग हैं और मैं भी उनसे अलग हूँ। जब ये सभी खंडित हो जाते हैं तो सत्य लुप्त हो जाता है।

२

ऊपरी और बाहरी मान्यताएँ, छोटी लेकिन खोटी मान्यताएँ, मान्यताओं के पेड़ के पत्ते छोटे हैं पर अनेक हैं।

मान्यताएँ चाहे कितनी भी खूबसूरत हों, कितनी भी लुभावनी हों या मन को तसल्ली देनेवाली हों, मगर हैं तो बंधन का कारण ही।

१. **झाडू उल्टा नहीं रखना चाहिए।**

यह मान्यता इसलिए बनी क्योंकि

१) झाडू लगाने के बाद यदि झाडू को उलटा रखा गया तो मिट्टी के कण अंदर ही रह जाते हैं, जब फिर से झाडू लगाया जाएगा तो फिर से बाहर आने की संभावना है, (इससे धूल उड़ने की भी संभावना है)।

२) झाडू की मूठ (Handle) यदि नीचे रखी तो उसके गीले होने या उस पर मिट्टी लगने की संभावना है। दूसरी बार जब झाडू उठाया जाएगा तो वह पानी या मिट्टी हाथ पर लगने की संभावना है।

३) कुछ झाडू तीलियोंवाले होते हैं यदि ऐसे झाडुओं को उलटा रखा जाए तो उसकी चुभन से किसी को नुकसान भी हो सकता है।

२. कोई कहीं बाहर जा रहा हो तो उसे पीछे से नहीं बुलाना चाहिए या 'कहाँ जा रहे हो?' यह नहीं पूछना चाहिए।

यह मान्यता तब बनी जब लोग बड़ी बिल्डिंगों में नहीं रहते थे, तब लोग इकठ्ठा रहा करते थे। इस मान्यता से दो लाभ हुआ करते थे

१) कोई काम ऐसा होता था जो बाकी लोगों को बताना जरूरी नहीं होता था तब यदि जाते हुए व्यक्ति को टोका जाए, 'कहाँ जा रहे हो?' तो उस व्यक्ति को मजबूरन झूठ बोलना पड़ता था या सच बोलकर बात सभी के लिए खुल जाने का डर था। इसलिए यह मान्यता बनी।

२) घर से निकले हुए व्यक्ति को जब टोका जाए, 'कहाँ जा रहे हो?' तो अड़ोस-पड़ोस में किसी के सुन लेने की संभावना है, जिससे वह उस व्यक्ति को हानि पहुँचा सकता है (जान की हानि या धन की हानि)। इसलिए सुरक्षा को ध्यान में रखते हुए ऐसी मान्यता बनाई गई।

३. खाना खाते वक्त खाने के चारों ओर पानी छिड़कना चाहिए और रोटी का टुकड़ा भी रखना चाहिए।

यह मान्यता तब बनी जब घरों में लोग गोबर और मिट्टी का लेप लगाया करते थे। तब बिजली की व्यवस्था भी नहीं थी और कच्ची जमीन पर बैठकर खाना खाया करते थे। इस मान्यता से कई लाभ हुआ करते थे।

१) खाने के चारों ओर की जमीन गीली हो जाने की वजह से किसी कीड़े या जंतु का प्रवेश होना संभव नहीं था।

२) दूसरा खाना खानेवाले व्यक्ति के हाथों की धूल भी साफ हो जाती थी।

३) थाली के बाहर रोटी का टुकड़ा रखने से कीड़े वगैरह थाली में न आकर उस टुकड़े तक ही सीमित रह जाते थे।

४) खाने की क्रिया को धन्यवाद सहित एक आध्यात्मिक क्रिया समझा जाता था।

५) इसी मान्यता का दूसरा स्वरूप घर के दरवाजे के सामने रंगोली निकालना हुआ करता था जिससे बाहर के छोटे प्राणी बिच्छू, साँप इत्यादि घर के अंदर न आ जाएँ।

४. घर में नाखून नहीं काटने चाहिए वरना घर में चोरी होगी, तुम गरीब हो जाओगे इत्यादि-इत्यादि।

यह मान्यता इसलिए बनी क्योंकि

१) नाखून एक ऐसी चीज है जो यदि गलती से अनाज में मिल जाए, खाने में आ जाए तो वह हजम नहीं होता।

२) नाखून के नुकीले कोने शरीर के अंदर जख्म पैदा कर सकते हैं।

३) नाखूनों में मिट्टी व कीटाणु होने की संभावना है जिससे बीमारी फैल सकती है।

५. बच्चे को लाँघकर नहीं जाना चाहिए।

यह मान्यता इसलिए बनी क्योंकि

१) बच्चे बड़े नाजुक होते हैं। वे अपनी पीड़ा बयान नहीं कर सकते या पीड़ा का स्थान नहीं बता सकते। यदि कंबल में लिपटे बच्चे के हाथ-पाँव पर किसी का पाँव लग जाए तो बच्चे की जान को खतरा हो सकता है। इसके अलावा लाँघनेवाले इंसान के पाँव की धूल बच्चे को हानि पहुँचा सकती है।

२) बच्चे को लाँघते वक्त हाथ में उठाई हुई कोई चीज उस पर गिरने की संभावना है।

६. दुकान पर पुस्तक नहीं पढ़नी चाहिए या हाथ बाँधकर नहीं बैठना चाहिए।

यदि कोई इंसान दुकान पर पुस्तक पढ़ता है तो

१) उसका ध्यान ग्राहक की तरफ कम और पुस्तक पर ज्यादा होगा।

२) हिसाब किताब में गलतियाँ होने की पूरी संभावना है।

३) दुकान से चोरी होने का खतरा भी है।

४) हाथ बाँधकर बैठा हुआ इंसान अनजाने में ही ग्राहकों को दूर भगाने का कार्य करता है, खुले हाथ से बैठा हुआ इंसान ग्राहक की सेवा के लिए तैयार बैठा है ऐसे दर्शाता है।

७. दुकान पर कंघी नहीं करनी चाहिए।

१) कंघी करने से बालों के गिरने की संभावना होती है। यह बाल खाने की चीजों में भी गिर सकते हैं। अथवा यहाँ-वहाँ गिरकर गंदगी का एहसास दिलाते हैं।

२) दुकान पर बैठे हुए इंसान के हाथ साफ होने चाहिए, कंघी करने से उसके हाथों पर धूल के कण लग सकते हैं।

८. **रात को झाड़ू नहीं लगाना चाहिए या कचरा बाहर नहीं फेंकना चाहिए।**

१) शाम या रात से संबंधित अधिकतर मान्यताएँ उस वक्त बनी हैं जब बिजली नहीं थी। प्रकाश के लिए दीये जलाए जाते थे, जिसका प्रकाश बहुत ही मंद होता है यह मान्यता भी उसी वक्त की है। धूल के कण कहाँ उड़ रहे हैं यह पता ही नहीं चलता। दिन के प्रकाश में यह काम सही हो सकता है।

२) यदि कचरा बाहर कहीं फेंका जाता है तो फेंकनेवाले स्थान पर क्या चीज पड़ी हुई है यह दिखाई नहीं देता। कोई पशु-प्राणी लेटा हो, कोई भिक्षु, साधु बैठा हो तो उन्हें हानि होने की संभावना है।

३) शाम के बाद कचरा फेंकने से उस कचरे में कुछ कीमती चीजों के चले जाने का डर रहता है, दोपहर में यह संभावना नहीं रहती।

९. **बच्चे को आइना नहीं दिखाना चाहिए।**

छोटा बच्चा अपने शरीर से अनजान होता है। उसे अभी अपने चेहरे से पहचान नहीं है। वह दूसरों के चेहरे तो देख सकता है परंतु उसे अपना चेहरा बिलकुल पता नहीं। जब वह अपना चेहरा आइने में देखता है तो उसके डर जाने की संभावना है क्योंकि

१) अचानक अनजान चेहरा उसे डरा देता है।

२) वह चेहरा उसके इतने नजदीक होता है कि वह घबरा उठता है।

३) वह आइने जैसी चीजों से डरने लगता है।

१०. **बच्चे के खाली झूले को झुलाना नहीं चाहिए।**

यह मान्यता इसलिए बनी क्योंकि यदि खाली झूले को झुलाया जाता है तो उसे तेजी से घुमाया जा सकता है। उसे अन्य बच्चों द्वारा एक खिलौने की तरह

इस्तेमाल किया जा सकता है। इस तरह झूले के जोड़ कमजोर हो सकते हैं जो बच्चे के लिए आगे चलकर हानिकारक सिद्ध हो सकते हैं। इससे बचने के लिए यह मान्यता बनाई गई कि झूले में जब बच्चा हो तभी उसे झुलाना चाहिए।

११. **गर्भवती स्त्री को सूर्यग्रहण के वक्त चाकू-छुरी का इस्तेमाल नहीं करना चाहिए या चीजों को काटना नहीं चाहिए।**

इस मान्यता के पीछे बच्चे की सुरक्षा के लिए यह बात जोड़ दी गई है। सूर्यग्रहण के वक्त सूर्य से निकलनेवाली चुंबकीय तरंगों से लोहे की वस्तुएँ प्रभावित हो सकती हैं। यह चुंबकीय तरंगें वैज्ञानिकों के कहे अनुसार शरीर के लिए हानिकारक हो सकती हैं विशेषकर नाजुक बच्चों के लिए। इन तरंगों से बचने के लिए अपने शरीर के नजदीक कोई लोहे की चीज न हो इस बात को ध्यान में रखते हुए हमारे पूर्वजों ने इस तरह की मान्यता गढ़ी (बनाई)।

१२. **चाँद के नीचे दूध नहीं पीना चाहिए। (बाहर जाकर दूध न पीएँ)**

यह मान्यता तब बनी जब बिजली का आविष्कार नहीं हुआ था। यदि कोई चीज अंधेरा होने के बाद बाहर जाकर खाई या पी जाती है तो उसमें गिरे हुए कीटाणु, मच्छर अथवा तिनके न दिखने की संभावना है, यह स्वास्थ्य के लिए हानिकारक हो सकते हैं। रात में सोने से पहले अकसर पेय पदार्थ दूध ही है। इसलिए दूध के साथ यह मान्यता जोड़ दी गई है।

१३. **लड़कियों को शमसान घाट नहीं भेजना चाहिए।**

लड़कियाँ, औरतें अकसर भावुक स्वभाव की होती हैं। यदि वे कोई दुर्घटना, रक्त, शव, दुःख देखती हैं तो वे डर जाती हैं, वे दृश्य उनके मन से निकल नहीं पाते। शमशान घाट में जब मुर्दा (शव) जलाया जाता है तब कई बार अग्नि की गरमी से मुर्दे की हड्डियाँ टेढ़ी होने लगती हैं। जिससे उसके हिलने का आभास होता है। कभी-कभार लाश उठकर बैठ जाया करती है। ऐसे दृश्यों से बचाने के लिए इस तरह की मान्यता बनी।

१४. **जुबान दाँत से यदि कटती है तो झगड़े होते हैं।**

इंसान जब किसी गहरी चिंता में खोया होता है तब ही जुबान की दाँत से कटने

की संभावना है। वरना दाँत और जुबान का तालमेल इतना अच्छा है कि वे एक-दूसरे के बीच में नहीं आते। मन की ऐसी स्थिति व्याकुलता, चिड़चिड़ापन पैदा कर सकती है जिससे झगड़े होना स्वाभाविक है। इसलिए ऊपर दी गई मान्यता का निर्माण हुआ कि जब भी ऐसी अवस्था आए तो इंसान कुछ समय औरों से अलग रहें, विश्राम करें और नए काम में हाथ न डालें।

१५. हाथ की उँगलियों के जोड़ नहीं चटकाने चाहिए। (हाथों की उँगलियाँ चटकाना)

इस मान्यता के बनने के दो कारण हैं-

१) इस तरह उँगलियाँ चटकाने से सुस्ती व पीड़ा का भाव व्यक्त होता है, जिससे उस तरह का माहौल पैदा होता है। जैसे जँभाई देने से सामनेवाले को भी जँभाइयाँ आने लगती हैं।

२) इस तरह की आदत पड़ जाने से उँगलियों के जोड़ कमजोर होने की संभावना है और बुढ़ापे में हाथ कंपन की तकलीफ हो सकती है।

१६. किसी घर में पिता अथवा बड़े-बूढ़े की मृत्यु हो तो बेटे को बाल कटवाने चाहिए।

इस मान्यता के पीछे

१) पहला कारण यह है कि गंजा सर दूसरों को यह बता देता है कि उसके घर में मृत्यु हुई है जिससे सामनेवाला योग्य व्यवहार कर सके।

२) बेटे को यह एहसास होना चाहिए कि अब उसकी जिम्मेदारी बढ़ गई है।

१७. शाम के बाद पेड़ों के नीचे से नहीं जाना चाहिए या पेड़ के नीचे नहीं सोना चाहिए।

शाम के बाद पेड़-पौधों के व्यवहार में, सूरज न होने की वजह से फर्क पड़ जाता है। पेड़ दिन में ऑक्सिजन छोड़ते हैं और रात में कार्बन डायऑक्साइड, जो सेहत के लिए हानिकारक है। इसलिए यह मान्यता बनी।

१८. घर से निकलते वक्त दही खाकर निकले तो शुभ होता है।

यह मान्यता उन देशो में बनी जहाँ गरमी ज्यादा होती है। इंसान घर से बाहर

निकलता है तो उसके शरीर के तापमान और बाहर के तापमान में बहुत फर्क होता है, जो शरीर के लिए नुकसानदेह है। दही खाकर निकलने से या पानी पीकर निकलने से इस अतिरिक्त गरमी से बचा जा सकता है। यदि किसी को असली कारण बताया जाए तो वह यह कह सकता है कि मुझे कुछ नहीं होगा दूसरों को होता होगा। इस बात से बचने के लिए दही खाकर ही निकले वरना अशुभ होगा यह मान्यता बनी। इस तरह लोग स्वास्थ्य के इस नियम का पालन करेंगे अथवा घर के दूसरे सदस्य उसे इस नियम की याद दिलाएँगे।

१९. काला कपड़ा पहनना अपशकुन है।

अलग-अलग रंग के कपड़े, अलग-अलग ढंग से प्रकाश सोखते (Absorb) हैं। सफेद रंग प्रकाश की किरणों को वापस लौटा देता है इसलिए देखनेवाले को ठंढक देता है। आध्यात्मिक मान्यता के अनुसार सफेद रंग से प्रेरणा लेने के लिए कहा जाता है कि आपके पास जो आए वह बाँटें। इस तरह वे चीजें आपकी जिंदगी में बढ़ेंगी। सफेद रंग मन की शुद्धि का प्रतीक है। ये बातें ध्यान में रखकर इस तरह की मान्यता बनी।

दूसरी ओर काला रंग अंधकार का प्रतीक माना गया है (यह भी मान्यता है। काला रंग रोशनी की सभी किरणों को ग्रहण कर लेता है उसे वापस नहीं लौटाता। गरम और ठंढे देशों में काले कपड़ों का शरीर पर अलग- अलग प्रभाव होगा। इसलिए इस पृथ्वी पर दोनों तरह के लोग हैं जो काले को शुभ मानते हैं या काले को अशुभ मानते हैं। यदि काला सचमुच अशुभ होता तो सभी के लिए अशुभ होना चाहिए। इसलिए समझ के साथ इसका उपयोग करें। यदि नहीं पहनना चाहते तो न पहनें मगर अंधश्रद्धा या डर की वजह से नहीं। जो काम करें समझ के साथ करें।

२०. जँभाई आते वक्त (उबासी लेते वक्त) मुँह के सामने हाथ रखें या चुटकी बजाएँ।

यह मान्यता बनने के पीछे दो मुख्य कारण हैं :

१) उबासी लेते वक्त हमारे मुँह में किसी मक्खी या मच्छर के अंदर चले जाने की संभावना है, जिसे उँगलियों से चुटकी बजाकर या मुँह पर हाथ रखकर रोका जा सकता है।

२) उबासी छूत की बीमारी की तरह है। एक को देखकर दूसरे को भी सुस्ती का एहसास होने लगता है, मुँह पर हाथ रखकर इसे कुछ हद तक रोका जा सकता है।

२१. **खाली कैंची चलाने से झगड़े होते हैं।**

१) किसी भी नुकीली चीज को यदि बिना कारण इस्तेमाल किया जाता है जैसे छुरी, चाभी का छल्ला, कैंची इत्यादि तो उस चीज से स्वयं की या किसी अन्य की हानि हो सकती है, जैसे अनजाने में किसी को चोट लग जाए। इसे रोकने के लिए चाभी का छल्ला घुमाने से और खाली कैंची चलाने से झगड़े होंगे, ऐसी मान्यता बनी।

२) इस तरह इस्तेमाल से वे उपयोगी कम व खिलौना ज्यादा बन जाती हैं, जिससे बच्चे उन्हें हाथ में लेना चाहते हैं और ऐसी चीजें बच्चों के लिए बहुत अधिक हानिकारक हो सकती हैं, विशेषकर आँखों के लिए।

३) बिना कारण कैंची का इस्तेमाल उसकी धार पर भी असर कर सकता है, जिससे उसके उपयोग की अवधि व क्षमता कम हो सकती है।

२२. **बच्चे को एक साल तक कंघी नहीं करनी चाहिए।**

बच्चे के कपाल नाजुक होते हैं और कंघी के दाँत नुकीले होते हैं। इससे बच्चे के कपाल को हानि होने की संभावना है। इसलिए यह मान्यता बनी।

२३. **बच्चे का मुंडन करवाना जरूरी है।**

यह मान्यता बनने के पीछे दो कारण हैं

१) पुराने बाल निकल जाने के बाद जो नए बाल आते हैं वे ज्यादा मोटे व घने आते हैं। इस तरह बच्चों के बालों का विकास सही होता है।

२) मुंडन करने के बाद पूरे सर में रक्त का प्रवाह तेज होता है और जो कुछ भी गंदगी या मैल अंदर चिपकी होती है वह निकल जाती है जिससे बालक की बुद्धि तीक्ष्ण होती है। ऊपर दी हुई बातों को ध्यान में रखते हुए बच्चे के बाल किसी देवी, देवता को अर्पण करने की प्रथा बनी जिसे मुंडन कहा जाता है।

२४. **मंदिर की दहलीज पर खड़े नहीं होना चाहिए।**

१) बहुत सारे मंदिरों के दरवाजे छोटे बनाए जाते हैं ताकि लोग झुककर अंदर जाएँ। यदि कोई दहलीज पर खड़ा होता है तो उसका सर दरवाजे के ऊपरी भाग से टकरा सकता है। इसलिए दहलीज लाँघकर ही जाने की सलाह दी गई है। दहलीज पर खड़े रहना मना किया गया है।

२) मंदिर की दहलीज पर यदि कोई खड़ा होता है तो मंदिर के बाहर के लोगों को अंदर की मूर्ति का दर्शन नहीं होता। कुछ लोग बाहर से दर्शन करके (जो जल्दी में होते हैं) जाना चाहते हैं, उन लोगों को दर्शन में दिक्कत हो सकती है।

३) दहलीज पर खड़े होकर ईश्वर की मूर्ति की बराबरी होने लगती है, इसे अहंकार का प्रतीक कहा गया है। इसलिए इस तरह की मान्यता बनी है।

२५. **किसी घर में मौत हुई हो तो वहाँ से लौटते वक्त 'मैं जाता हूँ' नहीं कहना चाहिए।**

१) इस तरह के घर में जहाँ मृत्यु हुई हो यह कहना 'मैं जाता हूँ' दुःखी इंसान का दुःख बढ़ा सकता है। क्योंकि उसे लगता है कि लोग उसे छोड़कर जा रहे हैं, कभी वापस न आने के लिए। दुःख में वह यह भी कह सकता है कि क्या अब तुम भी मुझे छोड़कर जाओगे, या उसका रोना बढ़ सकता है। इसलिए इस तरह की मान्यता बनी। यदि घर के लोग जाने को कहें तो जाना चाहिए या चुपचाप निकल आना चाहिए।

२) साधारणतः 'मैं जाता हूँ' न कहते हुए, 'मैं जाता हूँ वापस आने के लिए' कहना चाहिए। या जाते वक्त कहना चाहिए, 'अच्छा आता हूँ।' (बरं येतो.) इसका अर्थ यह कि मैं हमेशा के लिए नहीं जा रहा हूँ।

२६. **शमशान घाट से लौटे हुए इंसान पर गंगाजल छिड़कना चाहिए।**

१) शमशान घाट से लौटा हुआ इंसान कुछ कीटाणु के संपर्क में आ सकता है। गंगाजल को पवित्र माना गया है। इस तरह के जल से अथवा हलदी मिला पानी छिड़कने से इस तरह के कीटाणु से बचा जा सकता है। कई सारे प्रांतों में वापस आकर नहाने की प्रथा भी है। यदि कोई ऐसे घर गया हो जहाँ मौत हुई हो तो उस पर भी पानी छिड़का जाता है अथवा उसे नहाने के लिए कहा जाता है।

२) जो इंसान मर चुका है उसे जलाकर आने के बाद नहाने की क्रिया यह दर्शाती है कि अब हमारा उस इंसान से संपर्क न रहा। इस तरह डर के विचार धो दिए जाते हैं। शमशान घाट में भी बहुत तरह के क्रियाकाण्ड इसी बात को ध्यान में रखते हुए किए जाते हैं ताकि लोग अपनी जिंदगी बिना डर के जी सकें।

२७. **किसी के घर से जाने के बाद तुरंत झाड़ू नहीं लगाना चाहिए या घर की सफाई नहीं करनी चाहिए।**

१) किसी घर में जब कोई मृत्यु होती है तो उसके तुरंत बाद घर की सफाई होना अनिवार्य है या एक सावधानी बीमारियों से बचने के लिए अति आवश्यक है। ज्योंकि यह क्रिया किसी के मरने के बाद की जाती है इसलिए इस क्रिया को किसी मेहमान के जाते ही नहीं करनी चाहिए, क्योंकि यह ऐसे दर्शाता है कि उस इंसान की मृत्यु हुई है।

२) किसी के जाने के पहले ही यदि सफाई की जाती है तो उसके द्वारा कोई भूली-बिसरी चीज सामने दिख जाती है जिससे वह इंसान अपनी कोई चीज भूलकर नहीं जाता।

२८. **जिसके कान लंबे हो व माथा चौड़ा हो वह बुद्धिमान होता है।**

१) कान के द्वारा इंसान सुनता है, बुद्धि के द्वारा बातों को समझता है। पुराने जमाने में गुरु शिष्य के कान में मंत्र दिया करते थे, इसलिए कान ज्ञान का दरवाजा है ऐसा माना गया। लंबे कान का अर्थ है इस इंसान को सुनने की कला आती है।

२) यह मान्यता गणेश भगवान को देखकर भी बनी कि जिनके बड़े कान और चौड़ा माथा है, उन्हें बहुत चतुर माना गया है।

२९. **शादी के बाद लड़की का नाम बदलना चाहिए।**

१) शादी के बाद लड़कियाँ अपना घर छोड़कर पति के घर जाकर रहती हैं। पति के घर नए रिश्ते, नई जगह व नया माहौल होता है। ऐसे माहौल में उसे ऐसा लगता है जैसे उसका नया जन्म हुआ हो। इसी बात को ध्यान में रखते हुए लड़की का नाम बदल दिया जाता है ताकि वह नए सिरे से अपना जीवन

शुरू कर सके।

२) पुराने नाम से पुकारने की वजह से उसे अपने पुराने रिश्तेदार याद आ सकते हैं और इस तरह की यादें उसे निराश कर सकती हैं और नए जीवन में स्थापित होने के लिए बाधा डाल सकती हैं।

३) नया नाम आध्यात्मिक जीवन में गुरु द्वारा दिया जाता रहा है, जिससे इंसान को मौका मिलता है अपने अतीत से टूटने का। एक कोरी स्लेट लेकर नई जिंदगी शुरू करने का जोश मिलता है।

३०. उत्तर (North) की ओर सिर रखकर नहीं सोना चाहिए।

इस तरह की मान्यताएँ जहाँ पर दिशाओं के बारे में सूचनाएँ दी गई हैं वहाँ पर धरती के गुरुत्वाकर्षण को ध्यान में रखा गया है। शरीर के अंदर जो चुंबकीय शक्ति है और पृथ्वी की जो चुंबकीय शक्ति है, इन दोनों का सही तालमेल होना चाहिए। यह तालमेल अच्छी नींद लाने में सहायक होता है। इस तरह की बातों को ध्यान में रखते हुए रसोई घर का मुँह ऑफिस का दरवाजा, मंदिरों का दरवाजा इस दिशा में हो या इस दिशा में न हो ऐसी मान्यताएँ बनीं। इस तरह की मान्यताएँ सहायक हो सकती हैं लेकिन अति आवश्यक नहीं है। अति आवश्यक है इंसान के विचारों का बदलना। यदि विचार सकारात्मक है, शुभ है तो पूरब की ओर सिर रखनेवाला इंसान भी मीठी नींद ले सकता है। इसलिए इस तरह की मान्यताओं से सहायता लें परंतु डर या अंधश्रद्धा न रखें।

३१. आइने का टूटना अशुभ होता है।

आइने में इंसान हमेशा अपना चेहरा देखता है इसलिए आइने का टूटना और इंसान का टूटना बराबर माना गया है। लेकिन हकीकत में टूटा हुआ आइना हानि पहुँचा सकता है। उसके छोटे से कण बड़ी हानि ला सकते हैं। उसे उठाते वक्त हाथों में जखम होने का खतरा है। इसलिए ऐसी चीजों को सावधानी से इस्तेमाल करवाने के लिए इस तरह का डर दिया गया।

३२. दरवाजे की कड़ी, कुंडी नहीं बजानी चाहिए वरना झगड़े होते हैं।

यह मान्यता तब बनी जब आज की तरह घर पक्के नहीं होते थे। दरवाजे की कड़ी, कुंडी के साथ बिना कारण छेड़खानी करने की वजह से उसके जोड़

कमजोर हो सकते हैं, इस तरह चोरों का अंदर आना आसान को सकता है। बच्चों को इस आदत से बचाने के लिए यह मान्यता बनाई गई।

३३. दिन में कहानियाँ नहीं सुननी, सुनानी चाहिए वरना ननिहाल में संकट आ सकता है।

  १) कहानियाँ सुनना फुरसत का काम है जिससे आलस्य महसूस होता है। कहानियों का उपयोग रात को नींद लाने के लिए भी किया गया है। बच्चों के लिए कहानियाँ लोरी का काम भी करती हैं। बच्चे वक्त-बेवक्त कहानियाँ सुनने का हठ करते हैं इस आदत से बचने के लिए ऊपर दी गई मान्यता बनी।

  २) सुबह से शाम तक का समय काम करने का समय है इसमें कहानियाँ सुनने या सुनाने की आदत से काम में बाधा आ सकती है। इसलिए यह मान्यता बनी।

३४. किसी महत्वपूर्ण काम के लिए तीन लोग नहीं जाने चाहिए वरना काम नहीं होता।

  १) किसी महत्वपूर्ण काम में कुछ बातों को कुछ समय तक गुप्त रखना आवश्यक होता है। दो लोगों में राज की बात को सँभालकर रखना आसान है। तीसरे के जुड़ते ही उस बात का समय से पहले प्रकट हो जाना संभव होता है। इसलिए ऊपर दी गई मान्यता बनाई गई ताकि दो लोगों के बीच में कोई तीसरा इंसान जाने की हठ न करे, जिससे कि कहीं काम बिगड़ न जाए।

  २) जब दो लोग आपस में किसी विषय पर चर्चा करते हैं तो तीसरा अपने आप को अलग महसूस करता है। इस तीसरे इंसान के लिए, दोनों को शिष्टाचार वश कुछ अनावश्यक बातों पर चर्चा करनी पड़ती है जिससे समय की बरबादी होती है। इस बात से बचने के लिए भी यह मान्यता बनी।

३५. शाम के वक्त घर की दहलीज पर न बैठें।

  १) घर की दहलीज पर बैठने की वजह से आते-जाते लोग या घर में खेलते हुए बच्चे आपसे टकराकर गिर सकते हैं।

  २) दहलीज ऐसी जगह है जहाँ आते-जाते लोगों के पैरों की धूल इकट्ठी हो

सकती है। शाम के वक्त यानी मंद प्रकाश में वह धूल के कण दहलीज पर बैठे हुए इंसान के कपड़ों पर लगकर अंदर आ सकते हैं। इसलिए यह मान्यता बनी। भक्त प्रह्लाद के पिताजी का वध, विष्णु ने नरसिंह अवतार लेकर, दहलीज पर किया था इसलिए भी यह मान्यता बनी।

३६. **मंदिर का घंटा अंदर जाते वक्त बजाएँ न कि वापस आते हुए।**

मंदिर में जाते ही घंटा बजाना संसार के विपरीत एक माहौल तैयार करता है। घंटे की तरंग मंदिर में गूँजती है, वह उसे एकाग्रित करने में मदद करती है। ईश्वर से बातचीत करने की याद (Reminder) दिलाती है, जिससे वह सहजता से ध्यान में बैठता है। लेकिन वापस लौटते वक्त जो शांति उसने मनन, चिंतन, एकाग्रता, ध्यान या प्रार्थना द्वारा प्राप्त की है, वह खंडित न हो जाए व उसी मौन में वापस लौट जाए इसलिए जाते वक्त घंटा नहीं बजाना चाहिए।

३७. **छिपकली अगर किसी पर गिरे तो नहाना चाहिए। (छिपकली का गिरना अशुभ होता है)**

१) छिपकली एक ऐसा जीव है जो सहजता से हर जगह घूम सकती है। चाहे पेड़-पौधें हों, दीवारें हों, छत हो जिससे उसके शरीर पर या उसके पंजों में गंदगी अथवा धूल के कण चिपके होते हैं। इसके अलावा छिपकली के मल व मूत्र में तेजाब जैसा रसायन होता है। जब छिपकली किसी पर गिरे तो उसका नहाना सुरक्षा को ध्यान में रखकर बनाया गया है।

२) जिन लोगों की त्वचा नाजुक व संवेदनशील है उनके लिए यह रसायन हानिकारक भी सिद्ध हो सकता है इसलिए उसे अशुभ माना गया है।

३) धरती की कंपन की वजह से यदि छिपकली गिरती है तो यह आनेवाले विनाश की पूर्व सूचना हो सकती है। यदि छिपकली लड़ने-झगड़ने की वजह से भी गिरती है तो उसे अशुभ न माना जाए।

४) छिपकली के अंदर जहर भी होता है इसलिए ऐसे प्राणियों के प्रति जाग्रत रहने के लिए, खाने की चीजें खुली न रखी जाए और सुरक्षा की दृष्टि से इस प्राणी को अशुभ बताया गया।

३८. **मंगल के दिन पैदा हुए लड़के (मंगली) की शादी मंगली लड़की से ही**

करनी चाहिए।

अलग-अलग दिनों, नक्षत्रों की अवस्थाओं में पैदा हुए लोगों की शारीरिक व मानसिक अवस्था अलग-अलग होती है। ऐसे लोगों की शादी उनके जोड़े के हिसाब से की जाए तो वह दांपत्य जीवन ज्यादा दिन टिक सकता है। उदाहरण लड़का-लड़की दोनों स्वभाव से क्रोधी होंगे तो विवाहित जीवन जल्दी टूट सकता है। दोनों खर्चीले स्वभाव के होंगे तो पारिवारिक संकट नहीं सँभाल पाएँगे। मंगली इंसान की शारीरिक जरूरतों को पूरा करने की क्षमता मंगली साथी में हो सकती है। (जरूरी नहीं कि दूसरों में नहीं होगी) इसलिए मंगली जीवनसाथी ही ढूँढ़ा जाता है ताकि विवाहित जीवन सफल हो, वे एक-दूसरे के पूरक बने।

३९. **मंगली की शादी यदि किसी और से की जाए तो शादी के पहले उसकी शादी मटके अथवा तुलसी से करनी चाहिए।**

मंगल ग्रह के संबंध में लोगों की मान्यता बहुत पुरानी व गहरी है। जब किसी मंगली की शादी मंगली जीवनसाथी से नहीं होती तो वे सब लोग किसी अनिष्ट (बुरे) की आशंका करने लगते हैं। सभी के विचार व विश्वास गहरा होने की वजह से उन इकट्ठे (Collective) विचारों का असर जोड़े के वैवाहिक जीवन पर पड़ने लगता है।

सभी लोगों के विचारों को बदलने के लिए इस तरह के कर्मकाण्ड का निर्माण किया गया। हमारे पूर्वज बुद्धिमान व दूरदर्शी थे। वे आगे आनेवाली संभावनाओं को खूब समझते थे। इस क्रिया द्वारा लोगों के विचार बदले जाते हैं कि अब पहली शादी मटके के साथ हो जाने की वजह से जो अनिष्ट पति के साथ हो सकता था, वह मटके के साथ होगा। मटका तोड़ दिया जाता है, इस तरह सभी लोगों के विचार बदलने में मदद मिलती है।

४०. **बच्चे को काला टीका लगाने से नजर नहीं लगती।**

जब लोग कोई सुंदर चीज देखते हैं या सुंदर बालक देखते हैं तो मन में ईर्ष्या उत्पन्न होती है (विशेषकर उन लोगों को जिनके पास वैसी चीज नहीं है)। कई बार यह ईर्ष्या द्वेष का रूप ले लेती है। दूसरों के द्वेष से बचने के लिए सुंदर चीज

के साथ कोई बदसूरत चीज जोड़ दी जाती है। जैसे खूबसूरत मकान के सामने कोई काली गुड़िया टाँग दी जाती है। इस तरह लोगों का ध्यान खूबसूरती से हट जाता है। इंसान का स्वभाव ही है पहले खामियाँ या गलतियाँ निकालना। काली गुड़िया या काला तिल अथवा काला धागा जो बच्चे को बाँधा जाता है, वह लोगों का ध्यान बाँट देता है। इस तरह की मान्यता बच्चों की सुरक्षा के लिए व दूसरों की ईर्ष्या से बचने के लिए बनाई गई है।

४१. **महाभारत की पुस्तक घर पर नहीं रखनी चाहिए वरना घर में झगड़े होते हैं।**

भारत देश अध्यात्म में हमेशा ऊँचाइयों पर रहा है। ज्ञान की बातों पर चर्चा करना लोगों को भाता है। धार्मिक पुस्तकें – रामायण, उपनिषद्, वेद, शास्त्र इत्यादि घर पर रखना स्वाभाविक है। परंतु महाभारत जैसी पुस्तक इसमें नहीं रखी गई। हाँ, गीता को जरूर सबसे ज्यादा महत्त्व दिया गया है। जिसके दो कारण हैं।

१) महाभारत के युद्ध में कृष्ण का एक मुख्य किरदार है। कृष्ण को पूर्ण अवतार माना गया है। उनके द्वारा बताई गई गीता आज भी लोगों का कल्याण कर रही है लेकिन उसी कृष्ण के द्वारा युद्ध में छल-कपट का इस्तेमाल हुआ। पढ़नेवाला यदि अज्ञानी है या अभी धर्म को समझना शुरू किया है तो उसके लिए यह खतरा है कि वह कृष्ण के अंदर की बात न समझते हुए बाहर के व्यवहार की नकल करे। बिना समझ की नकल बजाय फायदे के हानि ज्यादा करती है। महाभारत की कहानी पढ़कर कोई नौसिखिया आचरण सीखना चाहे तो वह भटक या उलझ सकता है।

२) महाभारत एक ऐसी कहानी है जिसमें अनेकानेक पात्र हैं। सभी पात्रों के नाम याद रखना भी कई लोगों को कठिन होता है। महाभारत पढ़कर जो वाद-विवाद लोगों के बीच होता है उसे रोकने के लिए ही ऊपर दी गई मान्यता बनी। लोगों की आपस में स्पर्धा चलती है कि फलाँ पात्र, फलाँ-फलाँ का पोता था, फूफा था, बेटा था। या फिर फलाँ-फलाँ पात्र इस-इस तरह शापित थे। ऐसी बुद्धि विलास की बातों में लोग अपना समय भी गँवाते हैं और दूसरों का समय भी नष्ट करते हैं। कई बार वाद-विवाद में झगड़े भी हो जाते हैं। इसीलिए ऐसी मान्यता बनी कि महाभारत की पुस्तक घर में न रखी जाए वरना झगड़े होंगे।

४२. **शनिवार को तेल खरीदकर घर नहीं लाना चाहिए।**

पुराने जमाने में लोग देवी, देवताओं, पेड़, पौधों, चाँद, सूरज, नक्षत्रों और कई तरह की काल्पनिक पत्थरों की पूजा करते थे। कुछ छोटी पूजाएँ होती थीं तो कई बड़ी पूजाएँ होती थीं। कुछ खास दिनों पर तो घर में मेला लगा रहता था कारण कि लोग अपने सगे, संबंधियों को आमंत्रित करते थे।

पुराने जमाने में लोग तेल का उपयोग भी अति करते थे। यहाँ तक कि पूरे शरीर को तेल से नहलाते थे। महँगाई भी नहीं थी इसलिए ये बातें सहज थीं। तेल से नहानेवाला इंसान अपने पाँवों से जगह-जगह तेल के निशान छोड़ देता है। इस तरह तेल से फिसलकर गिरने की संभावना बढ़ जाती है विशेषकर जब घर में चहल-पहल ज्यादा हो या भागदौड़ हो रही हो। ऐसी दुर्घटनाओं से बचने के लिए कुछ खास दिनों व मौकों पर यह क्रिया रोकी जाए इसलिए ऊपर दी गई मान्यता बनी। यह हमेशा याद रखें कि मान्यता बनानेवाले लोग सुरक्षा को ध्यान में रखते हुए मान्यता बनाते हैं लेकिन बाद में आनेवाले लोग असली बात छोड़ देते हैं, अंधविश्वास बना देते हैं। मान्यता का यदि आज भी कोई फायदा है तो वह जरूर उठाएँ लेकिन उसे गले का फंदा न बनने दें।

४३. **बिल्ली रास्ता काटकर जाए तो काम नहीं होता या कुछ बुरा होता है।**

यह मान्यता बनी है रास्ते पर होनेवाली दुर्घटनाओं से बचने के लिए। बिल्ली, कुत्ता, सुअर, गाय, बकरी, चूहे कुछ ऐसे प्राणी हैं, जो इंसानो के ज्यादा संपर्क में आते हैं। पुराने जमाने में तो ऐसे प्राणियों की भीड़ सी थी। आज-कल ऐसे प्राणी कम होते जा रहे हैं। बिल्ली जब रास्ता काट जाती है, बिना यह फिक्र किए कि इंसान उस रास्ते से गुजर रहे हैं, तो इसके दो ही कारण हो सकते हैं। एक यह कि वह किसी शिकार के पीछे दौड़ रही है अथवा उसके पीछे उसे मारने के लिए कोई कुत्ता पड़ा है। दोनों मौकौं पर रास्ते पर अचानक भागदौड़ होने की वजह से साइकिल, स्कूटर अथवा पैदल यात्री को संकट आ सकता है। कई बार प्राणियों की भागदौड़ में जैसे बिल्ली, सुअर, गाय, बैल के दौड़ने की वजह से कई लोगों को जख्मी होते हुए देखा गया है। इस तरह की आपदाओं को रोकने के लिए यह मान्यता बनाई गई कि जब भी ऐसा दृश्य रास्ते पर दिखाई दे तो जल्दी न करें। कुछ पल रुक जाएँ जिससे यदि कोई आपदा खड़ी होती है तो आराम से उससे

बचा जा सके। कुछ पल के बाद यदि कोई भागदौड़ दिखाई न दे तो आप रास्ते में आगे बढ़ सकते हैं। यह असली कारण है बिल्ली के रास्ता काटने और रुक जाने के पीछे। अपनी सुरक्षा का विचार जरूर करें पर इसे अंधश्रद्धा न बनने दें।

४४. **कुत्ते का रोना अशुभ होता है।**

ईश्वर ने पृथ्वी पर अलग-अलग शक्तियों से संपन्न प्राणी बनाए हैं। बाज आकाश की ऊँचाइयों से धरती पर रेंगनेवाले जंतुओं को देख लेता है तो उल्लू रात में भी देख सकता है। कुत्ता भी एक ऐसा प्राणी है। कुत्ते को सूँघने की अपार शक्ति दी गई है। वह सिर्फ सुगंध के बलबूते पर बड़े करतब कर देता है, जो जग जाहिर है। कुत्ता अपने नाक की शक्ति की वजह से वातावरण में होनेवाली कोई भी बदलाहट भाँप लेता है। आनेवाले भूकंप, तूफान अथवा किसी भी तरह की तबदीलियाँ जो इंसान के लिए फायदेवाली हैं या नुकसानदेह हैं, वह जान जाता है।

जब भी वह ऐसी कोई बात महसूस करता है तो वह रोकर उसकी अभिव्यक्ति करता है, जाहिर करता है। जरूरी नहीं कि वे तबदीलियाँ होने ही जा रही हैं। कई सारी बातें, बीमारियाँ हमारी तरफ आते-आते रुख बदल देती हैं। हमारे चारों तरफ जो आभा मंडल है, पहले वह दूषित होता है बाद में ही हमारे शरीर पर असर होता है। यदि हमारे विचार सकारात्मक हैं तो आनेवाली आपदाएँ टल सकती हैं। कुत्ता तो अपने स्वभाव के अनुसार वातावरण में होनेवाली तबदीलियों के लिए इशारे देते रहता है। ऐसी कई सारी तबदीलियाँ विश्व में होती रहती हैं। इनसे घबराकर आतंक के विचार फैलाने की कोई जरूरत नहीं है। कुत्ते की यह नैसर्गिक क्रिया समझकर आप हमेशा आशावादी ही रहें।

४५. **मंदिर के सामने से गुजरते हुए हाथ जोड़ने चाहिए वरना ईश्वर नाराज होता है।**

मंदिर का अर्थ है एक ऐसा स्थान जहाँ पर मन को धीर (धीरज) मिलता है। मनधीर – जहाँ पर मन अंदर की तरफ पलटता है। मन जब बाहर ही बाहर रहता है तब वह दूषित हो जाता है। जैसे मिट्टी लगने पर हम स्नान करते हैं, वैसे ही मन मैला, अशांत होने पर उसे अंदर ले जाना चाहिए। अंदर उसे धीरज और शुद्धता प्राप्त होती है। यह शुद्धता और धीरज पाकर वह जो कार्य कर रहा है, वह

बिना कपट व व्याकुलता से करेगा।

मंदिर के सामने से गुजर गए और हाथ नहीं जोड़े तो भगवान नाराज होंगे, ऐसी मान्यता पूर्वजों द्वारा बनाई गई। ऐसा क्यों बताया गया? क्या सोचकर बताया गया? जिन्होंने भी यह बताया उन्होंने सोचा कि मंदिर का निर्माण इसलिए किया गया है ताकि इंसान एक पल रुककर अपने आप पर लौटे, उसे स्वयं की याद आए, जो हकीकत में वह खुद है। इस तरह अंदर डुबकी लगाकर वह आगे जो कार्य करेगा, निर्णय लेगा, वे सही और सभी के लिए हितकारी होंगे।

मंदिर इंसान के लिए स्वयं दर्शन का दर्पण है, यदि मंदिर के पास से बिना हाथ जोड़े इंसान ऐसे ही गुजर जाए तो उसे क्या कहा जाएगा कि जिस उद्देश्य से मंदिर बनाया गया है, उसका तो लाभ तुमने लिया ही नहीं। जिन्होंने मंदिर बनाया वहाँ पर यह सोच थी कि संसार में ही हर रास्ते पर, बीच बाजार में मंदिर धीरज और शांति की याद दिलाए। रास्ते से आते-जाते लोग जब गुजरेंगे तो उन्हें याद आए कि यह इमारत बाकी इमारतों जैसी नहीं है कि बिना देखे गुजर गए। उन्हें मंदिर का महत्त्व याद दिलाने के लिए ऊपर दी गई मान्यता बनी। लेकिन आज लोग यह बात तो भूल ही गए। हाथ जोड़े तो वह केवल कर्मकाण्ड मात्र रह गया और यदि भूलवश हाथ नहीं जोड़े तो डरकर मन व्याकुल हो गया। असली उद्देश्य ही खो गया। मंदिर व्याकुलता मिटाने के लिए है, न कि उसे बढ़ावा देने के लिए।

४६. दुकान पर सुबह-सुबह लेनदार आना अशुभ है।

यह मान्यता इसलिए बनी कि अचानक सुबह-सुबह ही कुछ रुपए लेनदार की वजह से चले गए, जिसका अंदेशा दुकानदार को नहीं था तो उसका दिनभर का निश्चय (भावना, इंटेन्शन) डगमगा जाता है। दिन की शुरुआत ही वह रुकावट और असफलता की भावना से करता है, जिससे वह दिनभर ग्राहकों से चिढ़कर बात करेगा। मन व्याकुल होने के कारण वह कई गलतियाँ करेगा। उसका दिन अच्छा न जाने की वजह से उसकी यह धारणा और पक्की हो जाएगी कि सुबह-सवेरे लेनदार का आना अशुभ है।

यदि सुबह-सुबह कोई बड़ा ग्राहक आए और अच्छी बोहनी (शुरुआत) हो तो उसका मन खुश हो जाएगा। खुशी के कारण वह ज्यादा अच्छा काम कर पाएगा। ग्राहकों से नम्रता से बात करेगा। इस तरह उसे पूरा दिन सफल लगेगा।

जो लोग अपने विचारों पर नियंत्रण रखते हैं उनके लिए अशुभ, बुरा कुछ नहीं होता। वे हर अभिशाप को भी वरदान बना सकते हैं।

मान्यताओं में विश्वास रखनेवाला वरदान को भी अभिशाप बना देता है। अशुभ लक्षण दिखते ही वह अनिष्ट (बुरा होने) की प्रतीक्षा करने लगता है। जब अनिष्ट हो जाता है तब वह अपने आपको कारण देता है कि ऐसा-ऐसा हुआ था इसलिए मेरे साथ बुरा हुआ। वह अपनी गलती मानने को कभी तैयार नहीं होगा।

४७. काम से जाते वक्त किसी ने पूछा कि कहाँ जा रहे हो तो वह काम नहीं होता।

इंसान अपने विचारों की जिम्मेदारी खुद पर लेने को तैयार नहीं। उसके विचार बुराई को आकर्षित कर रहे हैं, वह यह बात मानने को तैयार नहीं। बाहर काम से जाते वक्त किसी ने पूछ लिया कि कहाँ जा रहे हो तो वह यह मान लेगा कि अब मेरा काम नहीं होगा। आगे चलकर ये विचार ही उसके लिए बाधा बनेंगे और काम में रुकावट लाएँगे। हर रुकावट के साथ उसकी मान्यता, 'काम से जाते वक्त किसी ने पूछा कि कहाँ जा रहे हो तो वह काम नहीं होता', पक्की होगी।

४८ मकर संक्रांति में तिळ-गुळ लेते वक्त अगर उन्हें गिरा दिया तो झगड़े होंगे।

समय के साथ हर इंसान में बदलाव आ जाता है। मान लें कि एक इंसान बुरा था मगर अनेक वर्षों के बाद आप उसे मिल रहे हैं। पता नहीं बीच में उसने कितने प्रवचन सुने हैं, वह इंसान कितना बदल चुका है। मगर यह सब सोचने के लिए कोई तैयार ही नहीं कि शायद वह बदल गया हो। लोग हमेशा सोचते हैं, 'नहीं, वह वैसा ही रहेगा।' जो पुरानी बात दिमाग में बैठ चुकी है, वही हम देखते हैं। हम भूतकाल में ही जीते हैं, वर्तमान देखते ही नहीं। अगर हम सोच रहे हैं कि वह इंसान जैसा पहले था आज भी वैसा ही होगा यानी हम नया, ताजा, फ्रेश नहीं देख रहे हैं। हम पुराना, बासी ही देख रहे हैं।

अगर मकर संक्रांति के दिवस पर हमारे अंदर होश जगेगा तो हम रिश्तों को नए ढंग से देख पाएँगे, बच्चों को नए ढंग से देखेंगे। लोगों के साथ मिलेंगे, उनकी

तरफ ध्यान देंगे वरना सामनेवाला तिल-गुड़ दे रहा है और हम ध्यान नहीं दे रहे हैं तो वह तिल-गुड़ भी हमसे गिर जाएगा। ऐसा होता है तो फिर उन्हें कहना पड़ता है, 'तिळ-गुळ सांडू नका, माझ्याशी भांडू नका।' अगर लेते-देते वक्त किसी के अंदर नफरत होती है तो वह मुँह दूसरी तरफ करके बोलता है कि 'दे' इसलिए मान्यता बना दी गई कि तिल-गुड़ गिरना नहीं चाहिए वरना आपस में झगड़े होंगे। मान्यता होगी तो लोग पालन करेंगे, एक-दूसरे की तरफ थोड़ा ध्यान देंगे। ध्यान देंगे तो ही रिश्तों में सुधार होगा। रिश्तों में दरार पर मरहम लगाई जाएगी। रिश्तों में दरार आ गई है तो वह दरार दीवार न बन जाए। रिश्तों के बीच की वह दीवार टूटनी चाहिए, ग्लास ब्रेक होना चाहिए ताकि लोग एक-दूसरे की तरफ ध्यान दें, बच्चों की तरफ ध्यान दें।

४९. मकर संक्रांति के एक दिन पहले झगड़े नहीं करने चाहिए वरना सालभर झगड़े होंगे।

मकर संक्रांति रिश्तों में सुधार लाने का त्योहार है। इस त्योहार के साथ कुछ मान्यताएँ जोड़ दी गई हैं ताकि लोग हर साल अपने रिश्तों में आई हुई कड़वाहट दूर कर सकें।

एक क्रोधी इंसान है, जो रोज झगड़े ही करता है। जब यह दिन आता है तो उसे बताया जाता है कि एक दिन पहले झगड़ा नहीं होना चाहिए। एक दिन पहले बिलकुल मत झगड़ें वरना सालभर झगड़ते रहेंगे। उसे इस तरह का कर्मकाण्ड बताया जाता है। तभी वह इंसान ठान लेता है कि आज के दिन बिलकुल नहीं झगड़ना है। त्योहार के बहाने तो वह इस नियम का पालन करेगा वरना वह हमेशा की तरह उस दिन भी झगड़ते ही रहेगा। इस त्योहार के बहाने वह संकल्प करेगा, प्रतिज्ञा करेगा, भीष्म-प्रतिज्ञा करेगा कि 'आज के दिन तो इस नियम का पालन कर ही सकते हैं, एक दिन नहीं झगड़ेंगे।' पूरे जीवन के लिए इस नियम का पालन नहीं कर सकते तो उसे कहा गया, केवल एक दिन के लिए मत झगड़ो। तो चलो इस एक दिन का स्वाद लेते हैं। अब उस एक दिन का स्वाद (झगड़ा न करना) ले रहा है तो क्या होगा दिनभर! उसे बिना झगड़ा किए जो सुकून महसूस होगा, संयम महसूस होगा, उस बात का स्वाद आएगा। वह सोचेगा आज का एक दिन हम रह पाए तो हमेशा ऐसे क्यों नहीं रह सकते। उसे स्वाद आएगा तो हमेशा वह इस नियम का पालन करने का प्रयास करेगा। अगर स्वाद ही नहीं

आया हो तो वह यह संकल्प कैसे करेगा, उसके रिश्तों में सुधार कैसे आएगा? जब तक कोई जबरदस्ती बताता नहीं है तब तक स्वयं कोई संकल्प लेता नहीं है।

त्योहारों के बहाने, उस कर्मकाण्ड के बहाने लोग झगड़ा न करें और झगड़ा न करने का स्वाद लें तो उसका लाभ हुआ वरना वे कर्मकाण्ड में अटक गए। वे लोगों को तिल-गुड़ देंगे क्योंकि त्योहार के बहाने जिनके सामने वे नहीं जाना चाहते, उनके सामने वे जाएँगे। उन्हें तिल-गुड़ से सर्दी में ठंढक से राहत तो मिलेगी ही पर रिश्तों में भी सुधार होगा।

५०. मकर संक्रांति के दिन सभी सब्जियाँ मिलाकर एक सब्जी बनानी चाहिए।

मकर संक्रांति के दिन सभी सब्जियाँ मिलाकर एक सब्जी बनाते हैं। सब सब्जियाँ इकट्ठी बनाई जाती हैं तो ऐसा क्यों किया गया होगा, अब समझ में आएगा। कई लोग प्रयोग करते ही नहीं, वे कहते हैं कि यह सब्जी मुझे पसंद नहीं, नहीं खाऊँगा। चाहे कोई कितना भी कहे। अगर दूसरे किसी ने कहा, 'जरा खाकर तो देखो' तो वह कहता है, 'नहीं, मैं नहीं खाता।' फिर दूसरा कहता है, 'अरे! जब तुमने पहली बार खाया था, तब उस वक्त की अवस्था अलग थी। हो सकता है उस दिन पहले से ही तुम्हारा पेट खराब था। मगर जब तुमने वह सब्जी खाई और तुम्हें तकलीफ हो गई इसलिए अब तुम कहते हो, मुझे सब्जी पसंद नहीं आती।' उसके दिमाग में यह बात बैठ ही गई। जब तक वह बात प्रयोग करने से नहीं निकाली जाती तब तक वह उस सब्जी के विटामिन से महरूम रहेगा, वंचित रहेगा।

क्रोधी इंसान मकर संक्रांति के दिन प्रयोग करता है आज नहीं झगड़ेंगे। जो लोगों में मिक्स नहीं हो पाते हैं, वे उस दिन यह प्रयोग करते हैं कि जो सब्जी नहीं खा पाते थे, वे खाते हैं। यह प्रयोग करना आवश्यक है। बच्चे प्रयोग करते हैं मगर बड़े प्रयोग करना भूल जाते हैं। त्योहार आता ही है याद दिलाने के लिए कि फिर से प्रयोग करें। फिर से सब्जी खाकर देखें, वह सब्जी इतनी बुरी नहीं है जितनी आपको लग रही थी। उस सब्जी में जो विटामिन हैं, वे आपको कब मिलेंगे ? वे विटामिन आप कब प्राप्त करेंगे? स्वास्थ्य कब प्राप्त करेंगे ? सभी विटामिन अंदर रहेंगे तो स्वास्थ्य, आरोग्य रहेगा। कुछ विटामिन हैं, कुछ नहीं हैं तो कैसे शरीर

स्वस्थ होगा? शरीर को सभी चीजें मिलनी चाहिए, सभी स्वाद मिलने चाहिए। कड़वा स्वाद भी मिलना चाहिए इसलिए करेला भी इंसान को खाना चाहिए। सभी चीजों को मिक्स करके सब्जियाँ बनाई गईं, यह याद दिलाने के लिए कि रिश्तों में कैसे मिक्स-अप होना (मेलजोल बढ़ाना) है।

५१. **टूटी, पुरानी चीजें घर में नहीं रखनी चाहिए।**

टूटी चीजें घर में रखने से अपूर्णता का एहसास जाग सकता है। पुरानी चीजें घर का वातावरण बोझिल बना सकती हैं। चमकदार, ब्राईट रंग की, साफ-सुथरी नई चीजें वातावरण को खुशनुमाँ बना सकती हैं इसलिए ऊपर दी गई मान्यता बनी। इस तरह के ज्ञान को फेंगशुई भी कहा गया है।

इंसान जो चीजें लगातार देखता है, उन चीजों का असर उसके अंतर्मन पर होने लगता है। इंसान का अर्धचेतन मन चीजों के - आकार, रंग से संबंध जोड़ देता है। चीजों, वस्तुओं, चित्रों को देखकर उसके अंदर जमा हुई पुरानी बातें उभरकर ऊपर आती हैं। टूटी चीजों के साथ हमारी भावनाएँ अच्छी नहीं रहतीं इसलिए ऐसी चीजें देख नकारात्मक भावनाएँ जाग सकती हैं। आनेवाले मेहमान या आप पर इसका बुरा परिणाम महसूस हो सकता है इसलिए ऐसी चीजों के प्रति ऐसी मान्यता बनी है।

जो लोग सकारात्मक विचार रखनेवाले होते हैं, वे नकारात्मक घटना में भी सकारात्मक दृष्टिकोण रखते हैं। ऐसे लोगों पर बाहरी वस्तुओं का बुरा असर नहीं होता, उलटा उनके विचारों का असर बाकी सब पर होता है। इसलिए अपने टूटे हुए (नकारात्मक) दृष्टिकोण को ठीक करने का प्रयास पहले करें, तब तक अपना वातावरण साफ-सुथरा, ब्राईट रखें। यह आदत हमेशा कायम रखें।

५२. **जूते और झाड़ू एक साथ नहीं रखने चाहिए।**

जूते पहनकर इंसान घर से बाहर निकलता है। कई बार जल्दबाजी में इंसान जूते पहनते वक्त यह भी नहीं देख पाता है कि कहीं उस जूते में गंदगी या कीड़े, मकोड़े तो नहीं घुस गए हैं। झाड़ू - गंदगी साफ करने के लिए इस्तेमाल की जाती है, जिस वजह से झाड़ू में धूल, मिट्टी के कण रहते हैं। कई बार कीड़े, पतंगे, कीटाणु भी झाड़ू में पनाह ले सकते हैं। जूते के बाजू में झाड़ू रखना जूते

पहननेवाले के लिए कभी हानिकारक सिद्ध हो सकता है। इसलिए यह मान्यता बनी है। इस मान्यता में सुरक्षा व स्वास्थ्य को ध्यान में रखा गया है।

५३. सोने की चीज गुम होकर यदि वापस मिले तो शुभ होता है।

सोने की चीज गुम होना यह दर्शाता है कि सोने को पहनने या सँभालनेवाला लापरवाह है। सोना मूल्यवान चीज है। जिसे मिल जाए वह लालच वश शायद उसे न लौटाए। यह संभावना है कि ऐसी कीमती चीज मिलने पर कोई उसे वापस न करे। फिर भी सोना मिल जाए तो यह अच्छा शगुन माना जाता है कारण :

१) कीमती चीज वापस मिली, नुकसान नहीं हुआ।

२) उस घर व आस-पास के लोग उच्च चरित्र के हैं, जिन पर लोभ-लालच का वश नहीं चलता। यह बात विकास में बहुत ही सहयोगी है क्योंकि जैसा संग होता है, वैसा रंग लगता है। ऐसे लोग आपके जीवन में खुशहाली लाएँगे।

३) आगे से आप ज्यादा चौकन्ने रहेंगे। गलती से सबक सीखेंगे।

५४. दिवाली के दिनों में चमड़े के जूते नहीं खरीदने चाहिए।

त्योहारों के दिन लोगों के पास धन आता है या खुशी में वे धन खर्च करने को तैयार होते हैं। ऐसे माहौल में जानवरों पर अत्याचार कम करने के लिए, जिनका चमड़ा जूते बनाने में काम आता है, उसे रोकने के लिए - यह मान्यता बनी।

दिवाली ऐसा एक भव्य त्योहार है जिसमें लोगों को खर्ची, बोनस इत्यादि मिलता है, जिससे जोरदार खरीददारी होती है। लोग चप्पल, जूते, कपड़े इत्यादि ज्यादा मात्रा में लेते हैं। जानवरों के चमड़े की माँग कारखानों (फैक्टरी) में बढ़ जाती है, जिसे कम करने के लिए यह मान्यता बनी।

५५. गंगा नदी में नहाने से पाप धुल जाते हैं?

लोग आज भी गंगा का पानी पीते हैं, गंगा में नहाते हैं ताकि उनके सब पाप धुल जाएँ। गंगा का पानी इतना शुद्ध है कि उसमें पाप धुलते हैं - यह बात सही है। आप पानी में उतरे, अंदर गए तो सब पाप धुल जाते हैं मगर बाहर आकर वापस चिपक जाते हैं तो आप कौन सी गंगा में डुबकी लगा रहे हैं? गंगा नदी में नहाकर दरअसल शुद्ध पानी में नहाने का लाभ तो मिलता है, साथ-साथ इंसान के

अंदर का अपराध बोध भाव भी मिटता है। इंसान जब प्रायश्चित करता है तब वह नया बनकर फिर से पवित्र जीवन जीना शुरू करता है। प्रायश्चित कहाँ पर किया जाए? इसी बात की व्यवस्था गंगा नदी के साथ की गई है ताकि लोग जल्द से जल्द प्रायश्चित करके शील, सदाचार का जीवन शुरू करें। सभी को आनंद देकर आनंदित रहें। जब इंसान के अंदर अपराध बोध होता है तब यह बोध उसे अंदर ही अंदर से खाए जाता है। पाप से ज्यादा उसे सजा अपने अंदर के भावों से मिलती है। वह उस पाप के बोझ से मुक्त नहीं हो पाता। जिस वजह से उसका वर्तमान का कर्म भी अच्छा नहीं रहता। उसे इस पाप बोध से मुक्त करने के लिए यह मान्यता बनी ताकि लोग पुराने पापों से मुक्त होकर, फिर पाप-गलती न करने का संकल्प कर सकें।

अंतिम सत्य, समझ की गंगा में आप डुबकी लगा रहे हैं तो पाप धुल जाएँगे - यह सांकेतिक भाषा में बताया गया है। दरअसल पाप-पुण्य की समझ मिलते ही, 'मैं कौन हूँ' यह ज्ञान मिलते ही, कर्ता भाव मिट जाता है और इंसान, न सिर्फ पापों से बल्कि पुण्यों से भी मुक्त हो जाता है। आपके अंदर जो समझ आई है वह दूसरों को भी मिले।

५६. हमारा दिन यदि खराब जाए तो हमने सुबह में किसी मनहूस की शक्ल देखी होगी।

इंसान सुबह से लेकर रात तक कई काम करता है। कुछ काम पूर्ण होते हैं और कुछ काम अपूर्ण रहते हैं। किसी दिन काम करते हुए कई सारी बाधाएँ आती हैं। ये बाधाएँ इंसान के अपने विचारों की वजह से आती हैं। कुछ अपनी मूर्खताओं से आती हैं, कुछ बाधाएँ शरीर पर अनुशासन न होने की वजह से आती हैं। कुछ रुकावटें अज्ञात कामों की वजह से आती हैं तो कुछ बाधाएँ शरीर को प्रशिक्षण न होने की वजह से आती हैं। थोड़ी ही ऐसी बाधाएँ हैं, जो लोगों से सहयोग न मिलने की वजह से आती हैं। वे बाधाएँ भी अधिकतर लोक व्यवहार न जानने की वजह से आती हैं। इंसान इन सब बाधाओं के पीछे छिपी अपनी अयोग्यता छिपाना चाहता है। वह काम न होने का कारण (इल्जाम) किसी और पर लगाना चाहता है। कभी मित्रों पर, कभी सहयोगियों पर, कभी ग्राहकों पर, कभी रिश्तेदारों पर तो कभी वातावरण पर। इंसान अहंकार की वजह से अपनी गलती छिपाना चाहता है। जब कोई भी बाहरी कारण उसे दिखाई नहीं देता तब

वह यह कहता है कि 'आज किस मनहूस का मुँह देखकर घर से निकला था, जो आज कोई भी काम नहीं हुआ।'

हर इंसान को अपनी जिम्मेदारी खुद लेनी चाहिए। दूसरों पर इल्जाम लगाना उसे छोड़ देना चाहिए। अपनी कमजोरियों को छिपाना नहीं चाहिए। अपने अवगुणों को प्रकाश में लाकर उनमें सुधार लाना चाहिए, न कि ऊपर दी गई मान्यता में फँसना चाहिए।

५७. तेरह तारीख अशुभ होती है ?

नहीं। किसी लेखक ने तेरह तारीख को हुई दुनिया की सभी बुरी घटनाओं को एक जगह इकट्ठा कर लिख डाला, जिससे करोड़ों लोग तेरह तारीख को बुरा मानने लगे। लेकिन यही काम हर तारीख के साथ किया जा सकता है क्योंकि हर तारीख को दुनिया में कुछ बुरा हो रहा है। कत्ल, चोरी, दंगा, अपराध। इसी तरह हर तारीख में कुछ न कुछ अच्छा भी हो रहा है। आविष्कार, विद्यालयों का खुलना, अपराधियों की मौत, किसी संत का जन्म। तारीख न बुरी होती है न अच्छी। इसे अच्छा या बुरा बनाते हैं हमारे विचार, गलत मान्यताएँ।

५८. किसी को छह उँगलियाँ हो तो वह भाग्यशाली होता है।

जिन लोगों के शरीर में बचपन से कोई ऐब (नुक्स) हो तो उन्हें लोग निम्न दृष्टि से देखते हैं या उनका उपहास करते हैं। ऊपर दी गई मान्यता ऐसे लोगों के आत्मसम्मान को ध्यान में रखते हुए बनाई गई। छह उँगलियाँ होने की वजह से इंसान अपने आपको कहीं निम्न (Inferior) न महसूस करने लगे, इसलिए यह मान्यता बनाई गई।

५९. बड़ा घर, शानदार ऑफिस, उच्च पद की नौकरी, अमीर दोस्त होना यानी सफलता – सफल जीवन। इनके बिना जीवन असफल होता है।

हर इंसान मन की किसी न किसी मान्यता और गलत धारणा का शिकार है। ये मान्यताएँ विकास को सीमित कर देती हैं। मान्यताओं को प्रकाश में लाने से विकास में तीव्रता आती है। मान्यताओं में जकड़ा हुआ इंसान खुलकर काम नहीं कर पाता। वह सदा यही सोचकर खुलकर काम नहीं कर पाता कि

- आज कौन सा वार है?
- आज मैं बाल नहीं कटवा सकता।
- आज मैं नया काम शुरू नहीं कर सकता।
- आज इस रंग के कपड़े नहीं पहन सकता।
- आज इस तरह का खाना नहीं खा सकता।
- आज इन चीजों (नमक, तेल इत्यादि) की खरीददारी नहीं कर सकता।

इंसान सामाजिक प्राणी है। इंसान हमेशा लोकमत को महत्त्व देता है। लोग क्या कहेंगे, किसे सफलता मानेंगे, किसकी प्रशंसा करेंगे यही खयाल इंसान के अंदर चलता है। चारों तरफ का वातावरण देखकर जैसे बंगले, गाड़ियाँ, पद, कार्यालय देखकर उसके मन में सफलता की धारणा बन जाती है। इंसान के अंदर नकल करने की प्रवृत्ति है। वह जो देखता है वैसा बनना चाहता है।

इंसान दुःख, असफलता, अपमान, शोहरत, सम्मान और विकास सब लोगों की मान्यताओं के हिसाब से महसूस करता है। आत्महत्या करनेवाला विद्यार्थी इसी मान्यता की वजह से अपने शरीर की हत्या करता है कि 'वह असफल हो गया।' असफलता, जो दुनिया द्वारा उसने सुन रखी थी। यह असफलता की मान्यता उसे सही लगने लगती है और वह शरीर हत्या करता है। यदि कोई सही वक्त पर उसे मार्गदर्शन देता तो वह यह भूल नहीं करता। इंसान उन बातों को सफलता मानता है जो दूसरों की नजर में सफलता मानी जाती है। जब दूसरे लोग यह कहेंगे कि 'तुम सफल हो' तब इंसान सफलता महसूस करता है। लेकिन सच्ची सफलता वह है जिसमें 'आपने जो निश्चित किया, वही किया और वही हुआ।' ईश्वर की चाहत के अनुसार प्राप्त की गई सफलता सच्ची सफलता है।

अन्य मान्यताएँ :

इसी तरह मान्यताओं के वृक्ष में कई छोटे-छोटे पत्ते आते हैं। मान्यताओं का पेड़ तो एक है लेकिन मान्यताओं के पत्ते अनेक हैं। ये मान्यताएँ छोटी

हैं लेकिन खोटी हैं। इन मान्यताओं में उलझकर इंसान छोटी-छोटी बातों से डरने लगता है। अब तक आप इस पुस्तक में छोटी-छोटी मान्यताओं के अनेक उदाहरण पढ़ते आए हैं। नीचे कुछ और उदाहरण दिए गए हैं, जिनका कारण आप खोजने का प्रयास करें। यदि आपको इनका कारण न मिले तो आगे पुस्तक पढ़ना जारी रखें। मान्यताओं के मूल में जाकर समझ का प्रकाश प्राप्त करें।

१) जीवन कठिन है, लोग बुरे हैं।

२) घर वापस आने में किसी को देर हो गई हो तो भगवान के पास रखा हुआ चम्मच दरवाजे में लगाने से वह व्यक्ति जल्दी घर जाता है।

३) शादी हुए नए जोड़ों को अमावस्या के दिन बाहर जाना अशुभ होता है।

४) अमावस्या और रविवार के दिन लड़की बिदा नहीं करनी चाहिए।

५) मुर्दा और धोबी का दर्शन शुभ, तेली और विधवा का दर्शन अशुभ होता है।

६) गुरु और रुबी की रिंग पहनने से अशुभ होता है।

७) चूना रात को नहीं लगाना चाहिए।

८) शाम के वक्त सोना नहीं चाहिए।

९) स्त्रियों को भैरवनाथ मंदिर नहीं जाना चाहिए।

१०) अमावस्या के दिन बाल नहीं धोने चाहिए।

११) भगवान के मंदिर में हलदी-कुंकुम गिरना अशुभ होता है।

१२) साँप की जोड़ी में से एक साँप को नहीं मारना चाहिए।

१३) महत्वपूर्ण काम के लिए जाते वक्त पानी भरते हुई औरत का दिखना शुभ होता है।

१४) दीया बुझ गया तो अशुभ होता है।

१५) नागपंचमी के दिन सब्जियाँ नहीं काटनी चाहिए।

१६) केवल ब्राह्मणों को वेदों, शास्त्रों का अभ्यास करना चाहिए। बाकी लोगों को इन्हें पढ़ने का अधिकार नहीं है।

कोई मूर्ति चोरी न कर ले इसलिए इंसान पूजा के बाद मूर्ति को ताले में बंद कर देता है और उसकी आँख बचाकर दिनभर पाप करता है। किंतु यदि ईश्वर को निराकार और सर्वव्यापक समझकर, सदा सर्वत्र विद्यमान समझें तो उसकी आँख बचाकर इंसान कोई बुरा काम नहीं कर सकता। लेकिन जो लोग सुबह पूजा करने के बाद दिनभर पाप कर्म ही करते रहते हैं, उनसे संत कबीर कहते हैं, 'पत्थर पूजे प्रभु मिले तो मैं पूँजूँ पहाड़।'

इसका अर्थ अगर पत्थर पूजने से प्रभु मिलता है तो छोटा पत्थर क्यों? फिर तो पहाड़ की पूजा करेंगे। आज की भाषा में वही पंक्ति इस तरह कहेंगे –

'पत्थर बनकर पत्थर पूजे और प्रभु मिले तो मैं पूँजूँ पहाड़'

इसका अर्थ – इंसान मूर्ति के सामने फूल चढ़ा रहा है, दूध चढ़ा रहा है मगर उसका ध्यान कहीं और है। जैसे– दुकान पहुँचना है... बाजार पहुँचना है... यह काम है... वह काम है... तो वह पत्थर बनकर पत्थर की पूजा कर रहा है। उस वक्त वह खुद पत्थर है, उसमें कोई भावना नहीं है। जिसके हृदय में किसी के लिए कोई भावना नहीं होती, उसे पत्थर दिल इंसान कहा जाता है। इस तरह की पूजा के लिए कहा गया कि 'पत्थर बनकर पत्थर पूजे और प्रभु मिले तो मैं पूजू पहाड़।'

३

पैसे की गलत मान्यताएँ, धारणाएँ समझ की दौलत मान्यताओं की दरिद्रता

पैसे के साथ जब सत्य जुड़ता है तब पैसा ईश्वरीय उपहार बनता है।

१) पैसा कमाना कठिन है।

२) पैसा लेकर लोग वापस नहीं करते हैं।

३) पैसा हाथों की मैल है।

४) ज्यादा पैसा, ज्यादा समस्या।

५) पैसा शैतान है... पैसा भगवान है।

६) पैसा आता है मगर चला जाता है।

७) लक्ष्मी पूजन के दिन दूसरों को पैसे नहीं देने चाहिए।

८) पैसा आते ही दोस्त दुश्मन बन जाते हैं।

९) ज्यादा कमानेवाले अमीर होते हैं।

१०) हाथ में खुजली होने से पैसा मिलता है।

११) पैसा, आनंद, समय इत्यादि कम हैं जिन्हें बाँट नहीं सकते।

१२) जिसके पास ज्यादा पैसा होगा वह कम आध्यात्मिक होगा।

१३) पैसे से सब कुछ खरीद सकते हैं।

पैसे के साथ लोगों की अलग-अलग मान्यताएँ हैं। मगर यह मजेदार नियम है कि जिस चीज को आप मानते हैं, उसके सबूत आपको मिलते हैं और जब सबूत मिलते हैं तो मान्यता और बढ़ जाती है। मान्यता और बढ़ गई तो और बड़े सबूत मिलते हैं... बड़े सबूत मिलने पर मान्यता और गहरी होते जाती है। यही दुष्चक्र चलता रहता है और मान्यता इतनी पक्की हो जाती है कि पैसा आ भी रहा होता है मगर उसके साथ समस्या भी आ रही होती है।

◆ कुछ लोगों की यह समस्या है कि पैसा आता है मगर चला जाता है। इस मान्यता के पीछे असली कारण समझें। किसी की कम या ज्यादा कमाई से यह मत समझना कि वह इंसान गरीब है कि अमीर। एक की कमाई बहुत है मगर वह कुछ बचाकर नहीं रखता, सब खर्च हो जाते हैं। हकीकत में वह गरीब है। एक की कमाई कम है, पर उसके पास कुछ टिकता भी है, वह १०% बचा पाता है। हकीकत में वह अमीर है। जो बचा पाता है वह अमीर है, न कि वह जिसकी कमाई ज्यादा है। यह मान्यता है, सत्य नहीं है कि 'ज्यादा कमाई तो ज्यादा पैसे।'

◆ पैसे के बारे में एक और मान्यता यह भी है कि 'ज्यादा पैसा – कम अध्यात्म।' यानी जो ज्यादा पैसा कमाता है, उनका ध्यान अध्यात्म से छूट जाता है या वे यह सोचते हैं कि अध्यात्म में जाएँगे तो हमारा पैसा कम हो जाएगा। मगर ऐसा नहीं है बल्कि असली अध्यात्म की समझ द्वारा आप पैसे का सही इस्तेमाल करना सीखते हैं। पैसे का आदर करते हैं। पैसे के अवरोध (ब्लॉक्स) नहीं डालते हैं। पैसे के प्रति मालकियत की भावना से, चिपकाव से मुक्त होते हैं। आप पैसे के चौकीदार नहीं, मालिक बनते हैं।

◆ लोगों में यह भी मान्यता है कि पैसा आते ही दोस्त, दोस्त नहीं रहते, रिश्ते बिगड़ जाते हैं। कुछ लोग पैसे को ईश्वर मानते हैं... कुछ लोग शैतान समझते हैं... कुछ लोग हाथ की मैल समझते हैं इत्यादि। ये सब गलत धारणाएँ हैं। जो हाथों

की मैल कह रहे हैं, वे भी गलत कह रहे हैं। जो भगवान या शैतान मान रहे हैं, वे भी गलत हैं। सभी अधूरे ज्ञान से, अज्ञान से कह रहे हैं।

पूर्ण ज्ञान यह समझ देता है कि पैसा रास्ता है, मंजिल नहीं। इसके द्वारा हमें कहीं पहुँचना है। एक मिनट के लिए हर एक यह सोचकर देखे कि उसके जीवन में पैसा रास्ता है या मंज़िल। रास्ता यानी उसका इस्तेमाल करते हुए हमें कहीं पहुँचना है। पैसे को मंज़िल मान लेना यानी सिर्फ पैसा कमाना ही अंतिम लक्ष्य है। मगर अपने आपसे इमानदारी से पूछें कि 'हमारा लक्ष्य क्या है?' जिन लोगों को लगता है कि पैसा रास्ता है, मंज़िल नहीं, वे अपनी मंज़िल के लिए अवश्य काम करें। और जिन्हें अभी यह पक्का नहीं है, वे इस पर अवश्य सोचें। क्योंकि यह आपके जीवन का एक महत्वपूर्ण निर्णय होगा।

- कुछ लोंगों की यह मान्यता है कि हाथ में खुजली होने से पैसा मिलता है तो इसे ऐसे समझें कि ९०% से ज्यादा क्रियाएँ हाथों द्वारा होती हैं। पैसा कमाना हाथों की मेहनत से जोड़ा गया है। काम करनेवाले हाथ जब खाली रहते हैं तो उनमें पीड़ा अथवा अप्रिय संवेदना महसूस होती है, जिसे हाथ की खुजली कहा गया है। ऐसे हाथ जल्द से जल्द किसी काम से जुड़ना चाहते हैं और काम होने से पैसा मिलना स्वाभाविक है। इसलिए ऊपर दी गई मान्यता बन गई।

पुराने समय में आधुनिक मशीनें न होने की वजह से हाथों द्वारा ज्यादा काम हुआ करता था। लेकिन आज के युग में हाथों की मेहनत कम हो चुकी है। कड़ी मेहनत करनेवाले हाथों में ही ऐसी संवेदना उत्पन्न होती है। इसलिए मान्यताएँ समझें, उन्हें गले का फंदा न बनने दें।

- लक्ष्मी प्रसन्न हैं यानी ज्यादा पैसे मिल रहे हैं।

ज्यादा पैसा आना लक्ष्मी की प्रसन्नता नहीं दर्शाता। पैसा जब आपके पास टिकने लगे और पैसे की चिंता घटने लगे तब कहें कि लक्ष्मी आपसे प्रसन्न हैं। वरना बहुत दौलत होने के बाद भी यदि पैसे की चिंता आपको सता रही है, इसका मतलब आप अमीर नहीं हैं, गरीब हैं। लक्ष्मी जब आप पर प्रसन्न होती हैं तब आप निश्चिंत होकर जीवन जीते हैं, फिर चाहे आपके पास कम दौलत ही क्यों न हो। क्योंकि तब आपको यह यकीन होता है कि जरूरत पड़ने पर धन सही समय पर आ ही जाएगा। इसके सबूत भी आपको मिलते रहते हैं। जरूरत पड़ने

पर पैसे कहीं न कहीं से आ पहुँचते हैं। कुछ लोग कमाते तो बहुत हैं लेकिन वे पैसे तुरंत खर्च हो जाते हैं। इसका अर्थ लक्ष्मी उनसे प्रसन्न नहीं हैं।

पैसा अपने आपमें कोई गलत चीज नहीं है। जिस तरह आपके रसोईघर में छुरी होती है तो आप यह नहीं कहते हैं कि 'यह छुरी अच्छी है... या बुरी है... उससे सब्जी काटते हैं। सब्जी कट गई तो उसे बाजू में रख देते हैं, न कि जेब में लेकर घूमते हैं। छुरी के बारे में हम यह नहीं कहते कि यह रसोईघर की मैल है (जैसे हम पैसे को हाथों की मैल कहते हैं)। चोर अगर किसी को छुरी से मारता है तो यह नहीं कहते कि चोर के लिए छुरी जेल है।

उसी तरह पैसे का उपयोग है – **पैसा हाथों की मैल है, भगवान है या शैतान है, यह कहने की जरूरत नहीं है बल्कि उसका सही इस्तेमाल करने की जरूरत है।** पैसे के साथ जो मालकियत (आसक्ति) बन जाती है, वह न हो। वरना सभी लोगों ने अपने चारों तरफ जो मर्यादा डाल दी है कि यह मेरा है... यह तेरा है... यह मेरा देश... यह तेरा देश... यह मेरा पेड़... यह तेरा पेड़। यह कहकर सब कुछ भरपूर होते हुए भी कम लगता है। जितने फल हैं उतने अगर बाँट दिए जाएँ तो किसी को खाने की कमी नहीं होगी। सिर्फ उस चीज पर जो मालकियत है, वह टूटे। ईश्वर ने सब कुछ भरपूर बनाया है।

४

बच्चे के परवरिश से जुड़ी मान्यताएँ बच्चे को सिर्फ बताएँ नहीं बल्कि दर्शाएँ

बच्चा आपके द्वारा दुनिया में आया है, आपके लिए नहीं।

यह अध्याय बच्चों की परवरिश से जुड़ी उन भ्रमपूर्ण मान्यताओं के बारे में है, जो लंबे समय से चली आ रही हैं। जरा गौर करें कि कहीं अधिकतर माता-पिता की तरह ही आपके विचार भी इन्हीं मान्यताओं पर तो आधारित नहीं हैं।

हर माता-पिता अपने और अपने बच्चों के लिए कुछ सामान्य नियम जरूर बनाकर रखते हैं। इन नियमों के चलते वे उनके बारे में ऐसा सोचते हैं या उनसे ऐसा कहते हैं कि

१) *अगर मेरे पड़ोसी का बेटा मेरे बेटे से वाद-विवाद या बहस करता है तो इसका अर्थ है कि वह झगड़ालू स्वभाव का है।*

२) *अच्छे बच्चे बनकर रहो, अपने खिलौनों की तोड़-फोड़ मत करो।*

३) मैं तुम्हारा पिता हूँ, मुझे अच्छी तरह पता है कि तुम्हारे लिए क्या सही है और क्या गलत।

४) लड़कों की तुलना में लड़कियों की परवरिश करना आसान होता है।

५) हमारे जमाने की बात ही अलग थी, आज-कल टीन्स को सँभालना बहुत मुश्किल है।

माता-पिता द्वारा इस तरह की मान्यताएँ बना लेने का सीधा सा कारण है, बच्चों की परवरिश से जुड़ी तमाम मान्यताएँ। इस अध्याय में ऐसी बारह मान्यताओं का जिक्र किया गया है, जिनकी जड़ें बहुत गहरी हैं। हो सकता है कि आपने भी अपने मन में कुछ ऐसी ही मान्यताएँ बना रखी हों और इन झूठी मान्यताओं के कारण ही आप सर्वश्रेष्ठ अभिभावक न बन पा रहे हों।

१. **हमें बच्चों को गंभीरता से नहीं लेना चाहिए। उन्हें किसी भी बात से कोई गहरी भावनात्मक ठेस नहीं लगती है क्योंकि वे इतने परिपक्व नहीं होते कि किसी चीज को ठीक से समझ सकें।**

बच्चों को मारना गलत है परंतु अनजाने में कई माता-पिता बच्चों को शारीरिक घावों से भी गहरे भावनात्मक घाव दे बैठते हैं। आप कल्पना भी नहीं कर सकते कि माता-पिता से मिली भावनात्मक चोट बच्चों के लिए कितनी खतरनाक हो सकती है। एक अभिभावक के तौर पर आपको अपने बच्चों को न सिर्फ शारीरिक बल्कि भावनात्मक नुकसान से भी बचाना चाहिए।

बच्चे बहुत संवेदनशील होते हैं और हमारी हर बात को अच्छी तरह समझते हैं। इसलिए बच्चों से कुछ भी कहने से पहले एक बार उस पर विचार जरूर करें।

इस बात को उदाहरण के जरिए बेहतर ढंग से समझा जा सकता है। एक माँ अपने बच्चे से कहती है कि "शाम को हमारे घर कुछ रिश्तेदार आ रहे हैं, उनके सामने ठीक से पेश आना।" और शाम को रिश्तेदार सचमुच आ जाते हैं। दरअसल बच्चा यह नहीं जानता था कि माँ को रिश्तेदारों ने फोन पर शाम को घर पर आने की बात कही थी। कुछ दिनों बाद माँ कहती है, "लगता है, आज बारिश होगी।" और शाम को वाकई बारिश होती है। हालाँकि बच्चे को यह नहीं पता था कि बरसात का मौसम है। ऐसे में बच्चे को माँ की कही हुई बात याद आती

है और वह सोचने लगता है कि माँ की तो हर बात सच होती है। फिर माँ जो भी कहती है या जो भी करती है, बच्चे को वह हमेशा सही लगता है।

एक दिन बच्चा कोई गलती कर देता है। माँ उसे फटकार लगाती है और कहती है कि ''तुम निकम्मे और नालायक हो।'' आपको क्या लगता है कि इस बारे में बच्चे की प्रतिक्रिया क्या होगी? निश्चित रूप से, हमेशा की तरह वह अपनी माँ की इस बात को भी सच मान लेगा। उसे माँ का कहा हुआ यह वाक्य लंबे समय तक याद रहेगा और वह बड़ा होकर भी स्वयं को निकम्मा मान सकता है। उसमें पर्याप्त आत्मविश्वास विकसित नहीं हो पाएगा, जिससे उसकी निर्णय लेने की क्षमता प्रभावित होगी। इसके कारण वह निराश महसूस करता रहेगा।

२. ***मैं अपने बच्चों को वह प्रेम दूँगा, जो मुझे कभी नहीं मिला।***

३. ***मैं अपने बच्चों को उसी तरह प्रेम करूँगा, जैसे मेरे माता-पिता मुझे करते थे।***

हर बच्चे की जरूरत अलग होती है। हर बच्चे की अपनी लव-बैंक होती है, जिसे समय-समय पर भरना बहुत जरूरी है। कुछ बच्चों को माता-पिता का, उन्हें प्यार से गले लगाना बहुत पसंद आता है। उनका स्पर्श पाकर वे स्वयं को सुरक्षित महसूस करते हैं। कुछ बच्चे चाहते हैं कि माता-पिता उनके साथ खेलें। वे उनकी उपस्थिति को उनके प्रेम का पर्याय मानते हैं। कुछ बच्चों को उपहारों की जरूरत होती है। वे अपने खिलौने और गैजेट्स हर वक्त अपने पास रखना चाहते हैं। कुछ बच्चों को माता-पिता से ज्ञानभरी बातें करना पसंद होता है। वे अकसर उनसे तरह-तरह के सवाल पूछकर नई-नई चीजें सीखना चाहते हैं।

आप अपने बच्चे को उसकी जरूरत के अनुसार प्रेम कर पाएँ, इसके लिए सबसे पहले आपको यह जानना होगा कि आपका बच्चा इनमें से किस श्रेणी में आता है और उसकी जरूरतें क्या हैं? अगर आप उसे अपनी सीमित सोच के दायरे में कैद करने की कोशिश करेंगे तो हो सकता है कि वह विरोध करे या खुलकर अपनी भावनाएँ जाहिर न कर पाए। ऐसी स्थिति में सबसे दुर्भाग्यपूर्ण बात यह होगी कि वह अपनी संभावनाओं को पूरी तरह कभी पहचान नहीं पाएगा। हो सकता है कि आपको अपने बच्चे की जरूरतों के बारे में गलतफहमी हो और बच्चा वास्तव में कुछ और चाहता हो। इसलिए सबसे पहले उसकी जरूरतों को समझें और फिर

उसे वह सब दें, जो वह चाहता है।

४. बच्चों के साथ ज्यादा सख्ती नहीं बरतनी चाहिए।

५. बच्चों को ज्यादा प्रेम नहीं देना चाहिए।

अगर प्रकृति द्वारा तय की गई भूमिका के अनुसार देखें तो एक पिता का काम है, बच्चे को जीवन का कड़ा प्रशिक्षण देना और माँ का काम है, बच्चे को प्रेम और सौम्यता का एहसास करवाना। बच्चे को एक बेहतर इंसान बनाने के लिए उसे प्रेम करना जितना जरूरी है, उतना ही जरूरी है उसके अंदर विवेकबुद्धि और गुणों का विकास होना। सही समय पर, सही मात्रा में प्रेम और अनुशासन दोनों आवश्यक हैं।

६. बच्चों की परवरिश करना दुनिया का सबसे मुश्किल काम है। इसलिए बेहतर यही है कि बच्चे पैदा ही न किए जाएँ, ताकि उनकी जिम्मेदारी न उठानी पड़े।

७. जब बड़े होकर बच्चे अपने माता-पिता का खयाल नहीं रख सकते तो उन्हें अच्छी परवरिश देने का क्या मतलब है?

बच्चों की अच्छी परवरिश कर उनका चरित्र निर्माण करना एक पवित्र कार्य है। यह एक आनंददायक और निःस्वार्थ भाव के साथ किया जानेवाला कार्य है। जिसके माध्यम से हम एक ऐसा इंसान तैयार करते हैं, जो दुनिया को और बेहतर बनाने में अपना योगदान दे सकता है। इसके अलावा यह अपने अंदर करुणा, सेवा और धैर्य जैसे गुण विकसित करने का एक तरीका भी है। बच्चों की परवरिश का मुख्य उद्देश्य यही है कि माता-पिता अपने भीतर छिपे बेशर्त प्रेम को महसूस कर पाएँ। इस सच्चे प्रेम का उन्हें दर्शन हो।

८. माता-पिता की मुख्य जिम्मेदारी यह तय करना है कि बच्चे अपना शैक्षणिक विकास कर सकें।

माता-पिता की मुख्य जिम्मेदारी है, बच्चे में सकारात्मक जीवनमूल्य विकसित करना। एक अभिभावक के तौर पर आपका सबसे महत्वपूर्ण कार्य है, बच्चे का चरित्र निर्माण करना।

हर बच्चा एक कोरे कैनवास की तरह होता है, जिस पर माता-पिता अपनी समझ

के अनुसार कुछ रंग भरते हैं। बच्चे का व्यवहार और जीवन इस बात पर निर्भर करता है कि माता-पिता ने उस कोरे कैनवास पर कौन से रंग भरे। हालाँकि बच्चे की उन्नति के लिए उसका शैक्षणिक विकास होना भी महत्वपूर्ण है लेकिन माता-पिता की सबसे अहम जिम्मेदारी है, बच्चे का संपूर्ण विकास करना ताकि वह बड़ा होकर एक संपूर्ण इंसान बन सके।

९. *बच्चों में नैतिकता और आध्यात्मिक मूल्यों का विकास करने के लिए, उन्हें कम उम्र से ही धर्मग्रंथों की शिक्षा देनी चाहिए।*

अपने बच्चों को अध्यात्म की शिक्षा देने के बजाय उनके सामने आध्यात्मिकता को दर्शाएँ। सबसे उच्चतम तोहफा जो आप अपने बच्चे को दे सकते हैं, वह है खुशी और शांति का। उन्हें यह देखने और समझने का मौका दें कि आप हमेशा संतुलित व्यवहार करते हैं और अपना हर निर्णय शांत मन से लेते हैं। आपको देखकर ये गुण उनमें अपने आप चले जाएँगे। उन्हें सिखाने की जरूरत नहीं पड़ेगी। यदि आप उन्हें कम उम्र से ही आध्यात्मिक उपदेश देने लगेंगे तो वे उन्हें समझ नहीं पाएँगे।

आप अपने बच्चों को जो भी सिखाना चाहते हैं, वह आत्मविकास के माध्यम से सिखाएँ। उनसे एकाग्रता, इच्छा शक्ति, ध्यान केंद्रित करने और संवाद करने की कला जैसे गुणों के बारे में चर्चा करें व उन्हें आत्मशक्ति, क्षमता और पहल करने की कला के बारे में बताएँ। जो गुण आप उनके अंदर विकसित करना चाहते हैं, पहले उन्हें अपने अंदर विकसित करें और उन्हें यह मौका दें कि वे आपके तरीकों को समझकर, अपना विकास कर सकें।

माता-पिता का बच्चों पर बहुत गहरा प्रभाव पड़ता है। बच्चे अपने माता-पिता का ही प्रतिरूप होते हैं। हर बच्चे की तरह आपका बच्चा भी वही दोहराता है, जो वह अपने आस-पास होते हुए देखता है। बच्चे अपने माता-पिता, शिक्षकों और रिश्तेदारों की बातों, क्रियाओं, आदतों और व्यवहार के तरीकों को देखकर हर पल कुछ न कुछ सीख रहे होते हैं। पर्याप्त परिपक्वता न होने के कारण बच्चे अधिक विश्लेषण नहीं कर पाते, इसलिए वे जो भी देखते हैं, उसे जस का तस अपना लेते हैं।

एक पल के लिए कल्पना कीजिए कि जब आपके बच्चे बड़े होकर स्वयं माता-

पिता बनेंगे तो वे अपने बच्चों के सामने अपनी छवि कैसी बनाना चाहेंगे? वे अपने बच्चों को उन्हीं मान्यताओं पर विश्वास करना सिखा देंगे, जिन पर वे स्वयं जीवनभर विश्वास करते आए हैं। इस तरह वे अपनी सारी वृत्तियाँ अपने बच्चों में भी डाल देंगे। बच्चे अपने माता-पिता के कार्यों को सही और गलत के नजरिए से नहीं देख पाते। उन्हें यही लगता है कि मेरे माता-पिता जो भी करते हैं, वह सही है और यही जीने का तरीका है।

१०. *मेरे बच्चे इस दुनिया में मेरी वजह से आए हैं इसलिए मुझे उनकी चिंता होनी चाहिए।*

११. *मेरे बच्चों पर मेरा ही हक है। जब तक वे मेरे साथ रहते हैं, उन्हें वही करना चाहिए, जो मैं कहता हूँ।*

अपने बच्चों की चिंता करना, माता-पिता के लिए स्वाभाविक है लेकिन यह चिंता कष्ट नहीं बननी चाहिए। उनकी चिंता में स्वयं को दु:खी न करें। जीवन की चुनौतियों का सामना मुस्कराते हुए करें और यह विश्वास रखें कि चुनौतियाँ आपके जीवन में इसीलिए आती हैं, ताकि उनका सामना करके आप और सशक्त व समझदार बन सकें। आप खुशी का चुंबक बनकर उपस्थित रहें ताकि आपके जीवन में केवल बेस्ट चीजें ही आएँ। चिंता करके आप एक निरर्थक पीतल का टुकड़ा बन जाते हैं।

खलील जिब्रान ने कहा था कि "आप अपने बच्चों को इस दुनिया में लाने का सिर्फ एक माध्यम हैं, कारण नहीं।" आप अपने बच्चों के मालिक नहीं हैं, न ही वे आपके ऋणी हैं। आप केवल अपने प्रतिसाद पर नियंत्रण कर सकते हैं, जिससे पता चलता है कि आप कितने सार्थक अभिभावक बन पाए हैं।

१२. *मुझे हर हाल में यह सुनिश्चित करना चाहिए कि मेरे बच्चों को सर्वश्रेष्ठ शिक्षा मिले और वे बुद्धिमान व चतुर बनें।*

आपका यह मानना तो सही है कि आपके बच्चों को सर्वश्रेष्ठ शिक्षा मिले लेकिन सबसे महत्वपूर्ण है, उनके अंदर सीखने की कला विकसित करना। जब बच्चे सीखने की कला सीख जाते हैं तो जीवन में नई-नई ऊँचाइयों को छूते हैं। सीखने की कला फिर सिर्फ शैक्षणिक जीवन तक ही सीमित नहीं रह जाती, वह

जीवन के अन्य पहलुओं जैसे सामाजिक, आर्थिक, शारीरिक, मानसिक और आध्यात्मिक स्तर पर भी काम आती है। क्योंकि इन सभी पहलुओं से ही जीवन संपूर्ण बनता है।

बच्चे में सीखने की कला विकसित करें, उसे नैतिक और आध्यात्मिक जीवन का रास्ता दिखाएँ, जिसे वह आपको देखकर सीखेगा। बच्चों के लिए आपकी तरफ से इससे अच्छा और क्या उपहार हो सकता है कि वे दुःखों से मुक्त जीवन जीएँ और पृथ्वी पर आने के अपने लक्ष्य को प्राप्त कर पाएँ।

५

प्रार्थना की मान्यताएँ आराधना की धारणाएँ सच्ची पूजा की पहचान

रस्सी अगर साँप लग
रही है
तो छड़ी के लिए
प्रार्थना करें,
रस्सी को अगर रस्सी
करके जानना है
तो टॉर्च के लिए
प्रार्थना करें।

ऐसा नहीं है कि प्रार्थनाएँ सुनी नहीं जातीं, प्रार्थनाएँ तो सुनी जाती हैं पर व्यक्ति कल्पना कर बैठता है कि ऐसा-ऐसा होना चाहिए तब ही हम मानेंगे कि हमारी प्रार्थनाएँ सुनी जाती हैं। इस वजह से मदद मिलते हुए भी उसे लगता है कि उसकी प्रार्थना स्वीकारी नहीं गई। इंसान जो भी फल चाहेगा वह अपने हिसाब से चाहेगा। इसलिए प्रार्थना का सही महत्त्व जानें, प्रार्थना की मान्यता से बाहर आएँ।

१. ***प्रार्थना लंबी होनी चाहिए तथा उसमें संस्कृत के श्लोक और विशेष शब्द होने चाहिए।***

प्रार्थना में शब्द उतने महत्वपूर्ण नहीं हैं, जितना 'भाव' होना महत्वपूर्ण है क्योंकि भाव से ही परिणाम आते हैं, शब्दों से नहीं। कुछ लोगों को लगता है, जैसा कर्म करेंगे, वैसा फल

आएगा। परंतु कर्म से फल नहीं आता है, कर्म करते वक्त जो भाव है, उससे फल आता है। आप क्या कर रहे हैं, यह उतना महत्वपूर्ण नहीं है परंतु किस भाव से कर रहे हैं, यह ज्यादा महत्वपूर्ण है।

अगर कोई एक लाख रुपए दान दे रहा हो तो किसी को लगेगा कि उसे कितना बड़ा फल मिलेगा परंतु हकीकत कुछ और है। उस दान के पीछे अगर उसके भाव इस तरह के हैं कि 'क्या मुसीबत है, मजबूरी है, दान करना पड़ रहा है, पिछली बार दिया था, इसलिए इस बार भी इंकार नहीं कर सकता। अगर नहीं दिया तो लोग क्या कहेंगे।' इस तरह इस इंसान को सम्मान पाने की लालसा से मजबूरी में दान करना पड़ रहा है। उसके अंदर दान करने के पीछे 'मजबूरी' का भाव है। दूसरा इंसान, जो दस रुपया दान कर रहा है मगर अंदर भाव है कि 'अगर मेरे पास ज्यादा धन होता तो मैं और देता, जिससे ज्यादा से ज्यादा लोगों का फायदा होता। फिर भी ये दस रुपए हैं, इससे कुछ तो काम हो जाए।' इस तरह के भाव का फल आएगा।

जैसे एक किसान रोज प्रार्थना किया करता था। उसकी प्रार्थना रोज अलग होती थी, जो किसी पुस्तक से पढ़कर किया करता था। एक दिन भी ऐसा नहीं गया जिस दिन उसने प्रार्थना न पढ़ी हो। एक दिन वह शहर जा रहा था। रास्ते में उसे प्रार्थना करना याद आया मगर पुस्तक लाना भूल गया था। तब उसने यह प्रार्थना की कि 'हे ईश्वर, मेरी याददाश्त कमजोर है, तुम्हें तो सारी प्रार्थनाएँ याद हैं। अब मैं धीरे-धीरे तीन बार वर्णमाला के सभी अक्षर क, ख, ग... ज्ञ (A,B,C ... Z, alphabet) पढ़ता हूँ, तुम उनसे प्रार्थना बना लेना।'

फिर उसने वर्णमाला (alphabet) का पाठ किया। ईश्वर ने अपने फरिश्तों से कहा, 'आज तक मेरे पास बहुत सारी प्रार्थनाएँ आईं लेकिन आज सबसे अच्छी प्रार्थना आई है।'

इसी तरह क्रिया में कुछ अच्छा कर्म करते हुए दिखाई दे रहा हो और अंदर भाव बुराई का हो तो वह भाव फल लाएगा, न कि हमारा कर्म। ऐसा नहीं है कि बाहर से हमने अच्छा किया, बहुत अच्छा किया तो अच्छा ही फल मिलेगा। इसे समझें कि कर्म का फल नहीं आता, कर्म के पीछे जो भाव है, वही असली चीज है, उसी का फल आता है। प्रार्थना के पीछे भी जो भाव है, वही असली

चीज है, उसे लाया जाए, उसे बढ़ाया जाए।

२. ***प्रार्थना में केवल उच्च चीजें ही माँग सकते हैं।***

प्रार्थना से हर चीज माँगी जा सकती है, यह गलत नहीं है। इंसान की शुरुआत लालच, लोभ से ही होगी और अंत निःस्वार्थ प्रार्थना से होगा।

जैसे एक छोटे बच्चे में माता-पिता अच्छे गुण डालना चाहते हैं। उसे सिखाते हैं कि 'अपने से छोटे भाई-बहन की मदद करो, उन्हें अपने हिस्से का कुछ भाग खिलाओ' तो वह नहीं मानता। वह कहता है, 'मैं अपने हिस्से से दूँगा तो मेरा हिस्सा कम हो जाएगा' तब पिताजी उससे कहते हैं, 'अगर तुम उसे थोड़ा दोगे तो मैं तुम्हे बड़ा चॉकलेट दूँगा।' इस लालच में, लोभ में वह अपने भाई को, अपने हिस्से में से कुछ हिस्सा देता है और बड़ा चॉकलेट पाता है। इस तरह धीरे-धीरे वह देने का सुख महसूस करता है, किसी को मदद करने का आनंद महसूस करता है और फिर वह इस बात के लिए नहीं रुकता कि जब तक कोई मुझे लालच न दे तब तक मैं अच्छा काम न करूँ। फिर उसे किसी लालच की जरूरत नहीं होती, वह उस तरीके से काम करने लग जाता है।

प्रार्थना में भी पहले सांसारिक बातों की माँग होगी कि फलाँ-फलाँ चीज चाहिए। फिर वह जब मिलती है तब उससे विश्वास बढ़ता है। इस तरह छोटे-छोटे परिणाम जब चौंका देते हैं तब वह सोचता है कि क्या मैं जीवनभर यही माँगते रहूँ? या इससे भी बढ़िया चीजें हैं? क्या प्रार्थना करनेवाले से, उसे ही माँगा जा सकता है? क्या अल्लादद्दीन के चिराग से, अल्लादद्दीन का एक और चिराग माँगा जा सकता है? तो अल्लादद्दीन के चिराग के खो जाने का डर खत्म होता है। वरना हमेशा यह डर होता है कि चिराग मिला है तो कोई उसे चुरा न ले। यही विश्वास इस हद तक बढ़ सकता है कि अल्लादद्दीन के चिराग से एक और चिराग माँगा जा सकता है। इस तरह प्रार्थना की शक्ति से हम हर चीज प्राप्त कर सकते हैं। ईश्वर से ईश्वर की माँग भी कर सकते हैं।

३. ***प्रार्थना के लिए विशेष आसन, विशेष स्थान, विशेष समय और विशेष वातावरण होना आवश्यक है।***

प्रार्थना के लिए कोई भी समय, कोई भी आसन, कोई भी स्थान उचित है। मन

की अवस्था तैयार करने के लिए शुरुआत में कुछ बातें मदद करती हैं। जैसे कोई पूछे कि 'सेवा कैसे करें?' तो उसे बताया जाता है कि जो भी सेवा कर रहे हो, उसमें भाव महत्वपूर्ण है। परंतु फिर भी एक इंसान वाणी में मिठास लाता है, शरीर की क्रियाओं (पोस्चर) में अदब लाता है तो ये बातें उस सेवा भाव को तैयार करने के लिए उसे मदद करती हैं।

प्रार्थना में मूल बात भाव है किंतु बाहर की क्रियाएँ भी उस भाव को बढ़ावा देने में उसे मदद करती हैं। नहाकर प्रार्थना करें या बिना नहाए प्रार्थना करें, दोनों से परिणाम आता है। परंतु जब नहाकर प्रार्थना की जाती है तो वह उस भाव को तैयार करने में मदद कर सकती है। इसलिए बहुत सारी प्रथाएँ बनाई गई कि फलाँ-फलाँ रीति से कर्मकाण्ड, पूजा, प्रार्थना हो। मगर यह समझ रहे कि बिना किसी कर्मकाण्ड के भी वह भाव लाया जा सकता है, जिससे प्रार्थना का असर होगा।

शुरुआत में इन चीजों की आवश्यकता पड़ती है। जैसे किसी को किसी विशेष समय पर सुबह, शाम, रात में प्रार्थना करने की आदत हो तो वह करे, परंतु यदि कोई यह सोचे कि अभी सुबह नहीं है तो मैं प्रार्थना नहीं करूँगा तो ऐसा न हो। प्रार्थना के लिए कोई भी समय, कोई भी आसन, कोई भी स्थान उचित है।

४. *संकट में प्रार्थना करने से ईश्वर हमें हमारी कल्पना अनुसार बचाने आएँगे।*

लोग ईश्वर प्राप्ति के लिए प्रार्थना करते हैं और उनकी प्रार्थना से प्रभावित होकर ईश्वर दर्शन देता भी है। परंतु ईश्वर के प्रति हर एक की अलग-अलग कल्पना है। उन्हें लगता है कि फिल्मों में, टी.वी. कार्यक्रमों में, रामायण, महाभारत में दिखाए जानेवाले रूपों की भाँति ईश्वर का साक्षात्कार होगा। इंसान अपनी तरह ही ईश्वर के रंग-रूप की कल्पना करता है। उसे लगता है फलाँ-फलाँ वेशभूषा धारण किए हुए रूप में ईश्वर मुझे दिखाई देगा और मदद करेगा। इसी कल्पना के कारण ईश्वर ने उसे किसी और के द्वारा मार्गदर्शन दे भी दिया तो भी वह पहचान नहीं पाता है और ईश्वर पर ही दोष लगाता है। क्योंकि वह अपनी प्रार्थना पूर्ति का, अपनी कल्पना के आधार पर सबूत चाहता है।

किसी गाँव में एक दिन बाढ़ आई। सभी अपने आपको बचाने की कोशिश में भागदौड़ करने लगे। जहाँ कहीं रास्ता दिखाई दिया, गाँव के लोग निकल पड़े।

उसी गाँव में ईश्वर का एक भक्त भी रहता था। जिसकी ईश्वर पर पूरी श्रद्धा थी, भरोसा था। वह ईश्वर की प्रार्थना करने लगा, 'हे ईश्वर मुझे बचा लो।' तभी कुछ लोग वहाँ से तैरकर जा रहे थे, जिनके पास रस्सी थी। उन्होंने उसे रस्सी देनी चाही मगर उसने कहा, 'नहीं, मैं नहीं आऊँगा, तुम लोग जाओ, मेरा ईश्वर मुझे बचा लेगा, मुझे पूरा विश्वास है।' कुछ देर बाद पानी और ऊपर चढ़ने लगा, उसकी प्रार्थनाएँ जारी थीं। कुछ लोग उस वक्त एक छोटी सी नाव के सहारे अपने आपको बचाने का प्रयास कर रहे थे, जिन्होंने उस भक्त को भी आवाज दी। मगर वह जाने को तैयार न हुआ और यही कहता रहा कि 'मेरा ईश्वर मुझे बचाने जरूर आएगा।'

पानी तेजी से बढ़ने लगा तो वह अपने घर के छत पर जाकर बैठा। कुछ देर बाद सेना के कुछ जवान हेलिकॉप्टर से आए, उन्होंने उसकी मदद के लिए सीढ़ी देनी चाही। मगर वह अपनी ही जिद पर अड़ा रहा और अंततः पानी में डूब गया, उसकी मृत्यु हुई। मौत के बाद उसने ईश्वर से शिकायत की कि 'हे ईश्वर तुमने मेरा विश्वास क्यों तोड़ा, मुझे बचाने क्यों नहीं आए?' तब ईश्वर ने जवाब दिया कि 'मैंने तुम्हें तीन बार बचाने की कोशिश की-एक बार रस्सी देकर, एक बार नाव लेकर और एक बार सीढ़ी देकर मगर तुमने मुझे पहचाना नहीं, तुम आने को तैयार नहीं हुए। तुमने ईश्वर की मदद को अपनी कल्पना से देखना चाहा, तुम्हारे सामने होते हुए भी तुमने मुझे नहीं पहचाना।' उस वक्त उसे अपनी गलती का एहसास हुआ।

कहानियाँ काल्पनिक होती हैं, जिन्हें कोई सच नहीं मानता है। परंतु कहानियों से यह समझना ज्यादा आसान हो जाता है कि हम भी ऐसी बातों में न अटकें, न भटकें। लोग समस्या आने पर ईश्वर को प्रार्थना करते हैं और कहते हैं कि 'अब ईश्वर ही उसे सही ढंग से सुलझाएगा।' जब वाकई कोई सुलझाने आता है तब पहचान नहीं पाते।

जैसे कोई फौजी बड़ी कठिनाइयों का सामना करते हुए घर लौटकर आता है। अपने घरवालों को अपने सफर की कहानी बताता है कि कैसे वह रेगिस्तान में रास्ता भूल गया था, बहुत भटक रहा था, पानी के लिए तरस गया था, बहुत कोशिश के बाद भी उसे रास्ता नहीं मिल पाया। अंत में उसने भगवान से प्रार्थना की, 'हे भगवान अब तुम ही मुझे बचाओ, तुम ही मेरी रक्षा करो, मुझे सही

मार्गदर्शन करो।' यह सुनकर घरवालों ने पूछा, 'तो क्या भगवान ने आकर तुम्हें बचा लिया?' उसने जवाब दिया 'अरे! नहीं इससे पहले कि भगवान आते, एक अजनबी आया जिसने मुझे रास्ता दिखाया।'

अब वह यह नहीं जानता कि भगवान मदद कैसे करता है? वह अजनबी वहाँ कैसे पहुँचा? किस प्रेरणा से उस अजनबी ने मदद की? इन बातों के जवाब जब समझ में आएँगे तब हम ईश्वर द्वारा मिलनेवाली मदद की कल्पना नहीं करेंगे बल्कि सदैव ग्रहणशील रहेंगे।

५. *हर दिन एक ही प्रार्थना करनी चाहिए।*

प्रार्थना एक ऐसी दवाई है, जिसका बहुत शक्तिशाली असर हमारे शरीर, मन, बुद्धि पर होता है। प्रार्थना सभी कर रहे हैं मगर प्रार्थना के साथ क्या करना चाहिए, यह बहुत कम लोग जानते हैं। जैसे कुछ लोग दवाई के साथ मिली सूचनाएँ नहीं जानते कि दिन में कितनी बार, कितने चम्मच दवाई लेनी है। वैसे ही लोग ईश्वर से संपर्क तो कर रहे हैं, प्रार्थना तो कर रहे हैं मगर उस प्रार्थना में क्या जोड़ना आवश्यक है, यह नहीं जानते इसलिए उसका असर नहीं हो रहा है। कारण प्रार्थना के साथ यह समझना आवश्यक है कि समय के साथ प्रार्थनाएँ बदलती हैं।

जैसे पिताजी और बेटा रात को प्रार्थना करते हैं। पिताजी बेटे से पूछते हैं कि 'क्या प्रार्थना की' तो वह अपनी प्रार्थना बताता है कि 'हे भगवान बड़े होकर मुझे पिताजी जैसा बनाना।' बेटे की प्रार्थना सुनकर पिताजी अपनी प्रार्थना बदल देते हैं कि 'हे ईश्वर! मुझे वैसा बनाओ, जो मेरा बेटा मेरे बारे में सोचता है, मुझे जो समझता है।' यानी पिताजी ने बेटे से कुछ सुना तो पिताजी की प्रार्थना बदल गई। इस तरह हर परिस्थिति और समझ के साथ प्रार्थनाएँ बदलती हैं।

प्रार्थना की शुरुआत पहले किसी लालच से होगी, वह पूरी भी होगी। फिर चाहत होगी कि इससे उच्च चीज भी माँग सकते हैं। जैसे प्रार्थना में कोई माचिस की तीली माँगे फिर पता चलेगा कि माचिस माँगा जा सकता है। धीरे-धीरे जानेगा कि माचिस की पूरी दुकान माँगी जा सकती है, आगे माचिस की फैक्टरी भी मिल सकती है। यह समझ जब प्राप्त होती है तब इंसान हर विषय में ज्यादा से ज्यादा निपुण बनता जाता है। बार-बार दोहराने से वह चीज उसके लिए सहज होती

जाती है। फिर वह सोचता है कि इस शक्ति का इस्तेमाल और कितने बढ़िया ढंग से किया जा सकता है, इसमें कौन सी बातें, कौन सी चीजें जुड़ने से असर कम होगा या ज्यादा होगा। इस तरह उसे हर प्रयोग के साथ पता चलता है कि ये चीज (प्रार्थना की शक्ति) और भी कुछ बड़ा काम कर सकती है। उदा. रस्सी साँप लग रही है तो छड़ी के लिए प्रार्थना होगी और यह भी जान जाए कि रस्सी साँप नहीं है तो टॉर्च के लिए प्रार्थना होगी। इस तरह समय के साथ प्रार्थना बदलती है।

पुजारी : बाबाजी बताएँ कि पत्थर की मूर्ति में भगवान है या नहीं?

गुरु नानक : हाँ, हाँ। क्यों नहीं। वे सर्वव्यापक हैं इसलिए मूर्ति में भी है।

पुजारी : तब मूर्तिपूजा में क्या दोष? विशेषकर जबकि मूर्ति सामने रहने से उसमें मन जल्दी एकाग्र होता है। वह मूर्ति की नहीं बल्कि ईश्वर की ही पूजा हुई।

गुरु नानक : तुम्हारा तर्क ठीक है। अब इसे एक और पहलू से देखो। तुम रोज मूर्ति (ठाकुर) अलमारी से निकालकर पूजते हो और फिर उन्हें जगह पर रख देते हो।

पुजारी : हाँ। मैं ऐसा रोज करता हूँ।

गुरु नानक : अगर पूजा के दौरान कोई तुम्हारी मूर्ति चुरा ले तो तुम्हें गुस्सा आएगा कि नहीं?

पुजारी : जरूर आएगा। बहुत गुस्सा आएगा।

गुरु नानक : तो यही तुम्हारे प्रश्न का उत्तर है।

हम सर्वव्यापक ईश्वर को मूर्ति के रूप में इतना छोटा समझ लेते हैं कि उसे कोई भी चुरा सकता है और तुम अपने भगवान की चोरी हुई समझकर अति क्रोधित हो सकते हो।

६

ईश्वर की मान्यताएँ दर्शन की धारणाएँ परमात्मा की कल्पनाएँ

ईश्वर मूर्ति के चेहरे में नहीं लेकिन उस चेहरे को देखनेवाली आँख से झाँकनेवाली मान्यता में है।

ईश्वर या भगवान के बारे में भी लोगों ने हमें कई तरह की मान्यताएँ या यह कहें कि धारणाएँ दी हैं। बँधी बँधाई धारणाओं के साथ हम पूरी जिंदगी जी लेते हैं। तेज ज्ञानियों को ईश्वर के बारे में बताना हो तो कैसे बताए? इसलिए कई तरह की मूर्तियों द्वारा बताने की कोशिश की है। सत्य अगर बताना हो तो उसके लिए सिर्फ इशारे ही किए जा सकते हैं लेकिन कोई इशारों को ही सब कुछ मान ले और उसमें ही उलझ जाए तो आप उसे क्या कहेंगे? जैसे कोई पिताजी अपने बच्चे को समझाता है कि 'देखो बेटे, यह पीला रंग है' और वह जिस उँगली से इशारा कर रहा है, उस उँगली में लाल रंग लगा हो तो उस बेटे को लाल रंग का ही भ्रम हो जाए कि वह पीला रंग है। इसी तरह जब भी किसी ने सत्य की तरफ इशारा किया है तो लोगों ने किसी और चीज को सब कुछ मान लिया है। गलत चीज को सत्य मान लिया है।

आज हमें बाहर जो भी मूर्तियाँ नजर आती हैं, वे चाहे शिव की हो, गणेश की हो या किसी भी ईश्वर की हो, वे हमें एक ही संकेत दे रहे हैं, वह है अपने अंदर उस सत्य को खोजने का। शिव यानी वह सत्य जो हमारे सबके अंदर एक जैसा ही है और शिव की शक्ति यानी यह संसार जो कि उसका ही प्रकट रूप है। शिव यानी वह सत्य या यह कहें 'सेल्फ' जो पहले आराम (Rest) में था, शक्ति जो उसी का ही प्रकट रूप है।

१. *हर एक का ईश्वर अलग-अलग है।*

ईश्वर को अनेक मानकर इंसान अनेक मान्यताओं में उलझ जाता है। जैसे फलाँ-फलाँ इंसान में देवी आती है, फलाँ भगवान आता है, यह उपवास टूटने से फलाँ भगवान नाराज होता है। इस दिन बाल कटवाए या खट्टा खाया तो फलाँ देव अप्रसन्न होता है। फलाँ ईश्वर क्रोधी है, फलाँ भगवान दयालु है इत्यादि। इस तरह के कर्मकाण्डों में फँसता जाता है।

खोजी ने ईश्वर की कल्पना अलग-अलग रूप में की है, जिससे वह ईश्वर को अनेक रूप में पाता है। ईश्वर को अनेक मानकर वह अलग-अलग ईश्वरों की प्रार्थना करता है। प्रार्थना का फल जब खोजी को नहीं मिलता तो उसका विश्वास ईश्वर से कम होने लगता है। उसकी भक्ति में ईश्वर अनेक है, यह मान्यता जुड़ गई है। आगे खोजी की यह समझ बढ़ती है कि ईश्वर अनेक नहीं एक है। इसका अर्थ हम जो भक्ति, प्रार्थना कर रहे हैं, वह एक ही स्रोत तक पहुँचाती है, जो सत्य की शक्ति है। फिर भक्त ईश्वर को एक समझकर प्रार्थना करने लगता है। इस वक्त उसकी तैयारी आकार से निकलकर, निराकार की तरफ जाने की हो जाती है। ईश्वर ही है ऐसा भरोसा उसे होने लगता है। निर्गुण व असीम में उसे विश्वास होने लगता है। ईश्वर के प्रति डर निकल जाता है, डर के स्थान पर आदर होने लगता है।

२. *ईश्वर के प्रति डर होना आवश्यक है, ईश्वर नाराज होता है।*

पुराने जमाने में जब बाढ़ आती थी, ज्वालामुखी फटते थे, भूकंप होता था तब लोग इन सब बातों के पीछे का कारण नहीं जानते थे। बिजली के नीचे गिरने को वे ईश्वर का क्रोध समझते थे। प्रकृति की अज्ञात बातों को न समझने की वजह से ऊपर दी गई मान्यता बनी।

ईश्वर के प्रति डर बिलकुल अनावश्यक है। ईश्वर की कल्पनाओं की वजह से

डर का निर्माण हुआ। समाज में सभी से अच्छे काम करवाने के लिए ईश्वर के डर का उपयोग किया गया। ईश्वर से डरकर अच्छे काम कर रहे हो तो उस काम की कीमत कितनी होगी? ईश्वर से डरकर नहीं बल्कि ईश्वर के प्रति समझ, प्रेम, श्रद्धा, आदर रखकर अच्छे काम करने चाहिए।

ईश्वर का अर्थ ही है प्रेम और प्रेम कभी नाराज नहीं होता। मगर मान्यता ऐसी बनाई गई कि मंदिर के पास से गुजर गए, ध्यान कहीं और रहा और गलती से हाथ नहीं जोड़े तो ईश्वर नाराज होता है। कारण इंसान ईश्वर को भी अपनी तरह समझता है। यदि ईश्वर नाराज होता तो ईश्वर और इंसान में क्या फर्क है..? हाँ ईश्वर इस बात पर जरूर नाराज होता होगा कि इंसान समझता है कि ईश्वर नाराज होता है। ईश्वर से डरना अज्ञान है, ईश्वर से प्रार्थना ज्ञान है, ईश्वर से प्रेम तेजज्ञान है।

३. *ईश्वर पुरुष है।*

सदियों से समाज पुरुष प्रधान रहा है। समाज के लगभग सारे निर्णय पुरुषों द्वारा लिए गए हैं। राज्य सँभालना या राजनीति करना पुरुषों के हक में रहा है। पुरुष बुद्धि में ज्यादा रहते हैं इसलिए उन्होंने ईश्वर की कल्पना पुरुष में प्रचलित की। स्त्री को हमेशा पुरुष से कमजोर माना गया और नीचा समझा गया इसलिए सर्व शक्तिमान ईश्वर की कल्पना पुरुष के रूप में सबको जँची। इसलिए ऊपर दी गई मान्यता ज्यादा से ज्यादा प्रचलित हुई है।

ईश्वर हर लिंग और हर कल्पना से परे है। एक दिन किसी शिक्षक ने विद्यार्थी से पूछा, 'आकाश कैसा होता है?' विद्यार्थी ने बताया 'आकाश पीला होता है' क्योंकि उसने शाम को आकाश देखा था। दूसरे विद्यार्थी से पूछा तो उसने बताया कि 'आकाश काला होता है' क्योंकि उसने रात को आकाश देखा था। अगर हमें यह सवाल पूछा जाए तो हम आसमान का रंग नीला बताएँगे।

ऐसे ही 'ईश्वर' शब्द का उच्चारण करते ही हमारे सामने एक चित्र आता है। सिर पर मुकुट, गले में बहुत सारे गहने पहने हुए किसी पुरुष की कल्पना सामने आती है। कल्पनाएँ भी ईश्वर की खोज में बाधा बनती हैं।

हम ईश्वर की भी कल्पना करते हैं। ईश्वर पुल्लिंग है ऐसा हमने मान लिया है।

इस तरह की कल्पनाएँ बाधा बन जाती हैं और हम कल्पनाओं में ही उलझ जाते हैं। किसी ने आपसे पूछा कि इडली कैसी होती है? तो आपके सामने गोल आकार ही आता है, चौकोन आकार कभी नहीं आता। अगर चौकोन इडली बनाई जाए तो क्या स्वाद बदल जाता है? मगर हमारी कल्पना इतनी पक्की है कि इडली तो गोल ही होनी चाहिए। ईश्वर तो पुरुष ही होना चाहिए। राम का नाम लिया तो अरुण गोविल (टी.वी. सीरियल में रामायण के अभिनेता) सामने आता है और कृष्ण का नाम लिया तो नितीश भारद्वाज सामने आता है। इस तरह बहुत सारे ईश्वरों की कल्पना कैलेंडरों पर छपी हुई दिखती है। ऐसी कल्पनाओं के आधार पर जो ईश्वर की खोज की जाती है, वह खोज जन्मभर पूर्ण नहीं होगी।

४. ***मरते वक्त ईश्वर का नाम लिया तो मोक्ष मिलता है।***

ईश्वर के नाम में बहुत बड़ी शक्ति है इसलिए यह मान्यता बनी है, जिससे केवल अंतिम समय में मरते वक्त ईश्वर का नाम लेने से मोक्ष मिलता है। एक इंसान अपने बेटे का नाम नारायण रखता है ताकि जब वह मरेगा, उस वक्त अगर वह अपने बेटे को 'नारायण' कहकर पुकारेगा जिससे अपने भगवान का नाम भी ले लेगा तो जन्म-मरण के चक्कर से छूट जाएगा। मरते वक्त भगवान का नाम याद आए इसलिए वह अपने लड़के का नाम नारायण रखता है।

बचपन से ही उसे यह मान्यता दे दी गई है कि सिर्फ मरते वक्त भगवान का नाम लेना है, बाकी वक्त नहीं भी लिया तो चलेगा। अब इस इंसान ने अपने बेटे का नाम नारायण रखा है। जब वह मर रहा है तो अपने बेटे को बुलाता है, नारायण ऽ नारायण ऽ। ऊपर आसमान में जो विष्णु भगवान बैठे हैं, वे कहते हैं, 'अरे! मुझे बुलाया, इसे मुक्त कर दो।' वह अपने बेटे को बुला रहा है या ईश्वर को बुला रहा है, यह कैसे पता चले? यहाँ पर इंसान को थोड़ा तो सामान्य ज्ञान, थोड़ी समझ चाहिए। जिसने जिंदगीभर ईश्वर को याद नहीं किया, वह मरते वक्त ईश्वर को कैसे याद कर सकता है?

ईश्वर को अपनी तरह मूर्ख न समझें। ऐसी कहानियाँ बताकर लोग आध्यात्मिक शॉर्टकट (नजदीकी रास्ता) तरीका ढूँढ़ते हैं। इस तरह की मान्यता से बचकर हर इंसान को सदा सत्य (सत्यनारायण) के साथ रहना चाहिए, न कि ईश्वर की

कल्पनाओं और कोरी कहानियों में उलझना चाहिए।

५. *ईश्वर बाहर है, बहरा है।*

ईश्वर अंदर-बाहर के बाहर है। अंदर और बाहर तो मन की भाषा है। ईश्वर मन की पहुँच के बाहर है, इसलिए अंदर-बाहर के बाहर है या हर जगह है। अब सवाल यह उठता है कि यदि ईश्वर अंदर भी है, बाहर भी है तब उसे कहाँ ढूँढ़ना आसान है। अपने अंदर ही ईश्वर को ढूँढ़ना ज्यादा आसान है क्योंकि अपना शरीर दिन के चौबीसों घंटे हमारे साथ रहता है, जब चाहें अंदर डुबकी लगा सकते हैं। ईश्वर अंदर-बाहर के बाहर है तथा हम ईश्वर के अंदर हैं, जैसे मछली पानी के अंदर है।

लोग ईश्वर को प्रार्थनाएँ करते रहते हैं। संसार के सुखों की माँग करते रहते हैं। जिनकी माँग पूरी नहीं होती वे इस मान्यता का शिकार होते हैं कि ईश्वर बहरा है, वह हमारी नहीं सुनता। संसार में चारों तरफ हिंसा, दुःख, अत्याचार फैल रहा है फिर भी ईश्वर को सुनाई नहीं देता। यह मान्यता इसलिए भी बनी कि इंसान ईश्वर को अपने जैसा मान लेता है, जैसे हम कानों से सुनते हैं, वैसे ईश्वर भी कानों से सुनता होगा। ईश्वर हर इंद्रिय के परे है।

६. *ईश्वर को बनानेवाला भी कोई है।*

विश्व में जो भी वस्तुएँ हमें दिखाई देती हैं, वे सब मन के विज्ञान के क्षेत्र की वस्तुएँ हैं। हर वस्तु जो हमें दिखाई देती हैं उसका निर्माता भी कोई न कोई होता है। बचपन से हम यह सुनते आए हैं कि फलाँ चीज का आविष्कार फलाँ वैज्ञानिक ने किया, फलाँ वस्तु, फलाँ कंपनी ने बनाई इत्यादि। हकीकत में ईश्वर हर चीज का निर्माता है। हम अपनी बुद्धि से यह सोचने लगते हैं – 'फिर ईश्वर का निर्माता कौन?' अज्ञान में हम यह भूल जाते हैं कि जिस चीज का निर्माण होता है, उस चीज का नाश भी होता है। ईश्वर नाशवान नहीं है इसलिए उसके निर्माण का प्रश्न ही नहीं उठता।

७. *ईश्वर को आकार है या ईश्वर निराकार है।*

ईश्वर, मन और बुद्धि के परे निराकार है। इंसान हर चीज को समझने के लिए मन और बुद्धि का इस्तेमाल करता है। बच्चे को सिखाने के लिए कई चित्र

दिखाना आवश्यक है। अध्यात्म की शुरुआत करनेवालों के लिए कौन से चित्र दिखाएँ जाएँ... क्योंकि ईश्वर का कोई चित्र नहीं बनाया जा सकता। लेकिन आवश्यकता को समझते हुए ईश्वर का चित्र बनाने की गलती महापुरुषों द्वारा की गई। बाद में यह गलती ईश्वर प्राप्त कर लेने के बाद खत्म हो जाती है। ईश्वर को अपने आपको जानने के लिए आकार की आवश्यकता है, जैसे आँख को आइने की आवश्यकता है। नया-नया खोजी इस बात को नहीं समझ सकता तब उससे दो सवाल पूछे जाते हैं।

१) ईश्वर आकार रखता है और कभी-कभी निराकार बन जाता है।

२) ईश्वर निराकार है और आकार ले सकता है।

दूसरा जवाब ही सही जवाब है। एक साधारण बुद्धिवाला सोने को ज्यादा महत्त्व देगा या गहनों को? गहनों को। सभी गहनों में एक ही चीज होती है, वह है सोना। सोने को जब हम आकार देते हैं तब उसका महत्त्व बाहर के जगत् में बढ़ जाता है। ठीक उसी तरह लोग आकार को ही ज्यादा महत्त्व देंगे। मगर सोनार के लिए सोने या गहने एक बराबर हैं। सोनार हर गहने में सोने को ही देखता है। उसके लिए गहनों का आकार और कच्चे सोने का निराकार एक ही बात है। उसी तरह समझदार के लिए आकार और निराकार एक ही चीज है।

जो लोग आकार को मानते हैं या निराकार को मानते हैं, दोनों एक ही फिल्म देखते हैं। कुछ लोग मध्यांतर (इंटरवल) के पहले की फिल्म देखते हैं, कुछ लोग मध्यांतर (इंटरवल) के बाद की फिल्म देखते हैं। फिल्म देखने के बाद जब दोनों की चर्चा होती है तो दोनों एक-दूसरे को कहते हैं कि 'तुम गलत हो।' हकीकत में दोनों ने एक ही फिल्म देखी थी।

कल्पनादास मत बनें :

एक गाँव में कल्पनादास नामक व्यक्ति रहता था, जो हमेशा उदास रहता था। वह चाहता था कि मैं सुखी हो जाऊँ। उसे हमेशा खुशी की तलाश रहती थी। इसलिए उसने एक यतीम बच्चे को गोद लिया। घर में रहते ही उस यतीम बच्चे के जीवन में भी बदलाव आ गया, उसे वह सब कुछ मिल रहा था, जो उसे चाहिए। मरते वक्त उस कल्पनादास ने अपने यतीम बच्चे को बुलाकर कहा कि 'मैं अपनी

सारी जायदाद तुम्हारे नाम करता हूँ परंतु भूलकर भी हमारे घर में जो चाँदी का दरवाजा है, उसे कभी मत खोलना।' पिताजी के मरने के कुछ ही दिनों बाद उस लड़के के मन में भी उत्सुकता पैदा हुई कि मैं देखू कि इस चाँदी के दरवाजे में क्या है? जैसे ही उसने चाँदी का दरवाजा खोला तो उसने उसमें नई दुनिया देखी। उस दुनिया में एक बहुत बड़ी चील उसे उठाकर ले गई और एक महल में जाकर छोड़ दिया। उस शहर के राजा ने उसे राजकुमार बना दिया। राजकुमार बनते ही उसे वह सब कुछ मिल गया, जो वह चाहता था और अब यह दुनिया उसे अपनी पहलेवाली दुनिया से भी बहुत सुंदर लगने लगी। वहाँ के राजा ने उसे अपना पूरा राज्य सौंप दिया और राज्य सौंपते ही उसे यह भी बताया कि 'इस महल में जो सोने का दरवाजा है, वह कभी मत खोलना।' परंतु कुछ ही दिनों बाद उसमें सोने का दरवाजा खोलने की भी उत्सुकता पैदा हुई।

राजकुमार ने वह सोने का दरवाजा भी खोल दिया। जैसे ही उसने दरवाजा खोला, वैसे ही वह एक अलग तरह की दुनिया में पहुँच गया। वहाँ पहुँचते ही उस चील ने उसे फिर से पकड़ लिया और उसे उठाकर एक महल में पहुँचा दिया। वहाँ जाते ही उसकी मुलाकात एक राजकुमारी से हुई। कुछ दिनों बाद उसकी शादी राजकुमारी से हो गई।

राजकुमार फिर से उस राजकुमारी और अपने बच्चों के साथ खुश रहने लगा। सब कुछ मिलते ही उस पर यह शर्त रखी गई थी कि महल में जो हीरोंवाला दरवाजा है, वह कभी मत खोलना। कुछ दिन आनंद में रहने के बाद उसे फिर से उस हीरे का दरवाजा खोलने की भी उत्सुकता हुई। जैसे ही राजकुमार ने हीरे का दरवाजा खोला, उसे फिर से उसी चील ने उठाकर अपने पहलेवाले गाँव में छोड़ दिया। वहाँ न उसका घर था, न दौलत। अब उसे पता चला कि उसके पिताजी ने उसे गोद लेने के बाद उस घर में जो चाँदी का दरवाजा है, उसे न खोलने की हिदायत क्यों दी थी।

अब इसके बाद वह पूरी जिंदगी अपनी पूर्व कल्पना में ही जीने लगा। वह कहाँ इस दुनिया में जीने लगा! उसे अपनी पहलेवाली जिंदगी की ही याद रहती थी। उस दिन के बाद वह हमेशा उदास रहने लगा क्योंकि उसके मन में अब उन कल्पनाओं की दुनिया याद रहने लगी। अब वह कभी अपने वर्तमान में जी नहीं सकता था।

७

आध्यात्मिक जीवन की मान्यताएँ
पचास साल के बाद
स्वर्ग-नर्क के साथ
एकांतवास

जीवन में सत्य के साथ एक दिन जीने को मिले तो वह सार्थक है, बजाय सौ साल मान्यताओं का जीवन जीने से।

१. ***अध्यात्म में जानेवाला इंसान समाज से, अपने कर्तव्यों से दूर चला जाता है। वह हमेशा उदास रहता है।***

यह बात (मान्यता) इसलिए बनी है कि

१) लोगों को आध्यात्मिक अनुभव प्राप्त नहीं है। न ही कोई स्कूल इसकी व्यवस्था करता है।

२) लोग उत्तेजनाभरा जीवन जीते हैं। वे मन के गुलाम होकर मात्र मनोरंजन में लगे रहते हैं। जब वे किसी सत्य के खोजी को देखते हैं, जो समता और सहज भाव से जीवन जी रहा है तो उन्हें वह उदासीन लगता है। उन्हें लगता है कि ये लोग नीरस जीवन जी रहे हैं। असल

में तो सत्य प्रेमी, तेज मौन, तेज आनंद का भोग कर रहा होता है।

३) के.जी. के अध्यात्म में जहाँ असली समझ गायब (मिसिंग) है, वहाँ अध्यात्म का गलत रूप दिखाया जाता है। जिससे लोग यह समझ लेते हैं कि इस-इस तरह के वस्त्र धारण करना, इस-इस तरह के कर्मकाण्ड करना, इस-इस तरह से कीर्तन करना अध्यात्म है। दरअसल अध्यात्म बाहरी दिखावा, पहनावा नहीं है। अध्यात्म है सत्य अनुभव व समझ में स्थापित होना। मैं कौन हूँ, क्यों हूँ यह जानकर संसार में अभिव्यक्ति करना। आनंद बाँटते हुए सबके लिए निमित्त बनते हुए, आनंद लेना। ऐसा इंसान भला कैसे समाज और अपने कर्तव्यों से दूर जा सकता है। वह उदास नहीं, समता में होता है। वह नीरस नहीं, आनंदित जीवन जीता है।

२. *अध्यात्म यानी संसार छोड़ना व एकांतवास होकर ध्यान करना।*

पुराने समय से इस मान्यता को बहुत बल मिला है कि मोक्ष प्राप्ति के लिए संन्यास जीवन धारण करना आवश्यक है। लोगों की इस मान्यता की वजह से दूसरी मान्यता बनी कि अगर संन्यासी बनना आवश्यक है तो पचास साल के बाद बनें यानी इंसान को आध्यात्मिक ज्ञान पचास साल के बाद ही अपनाना चाहिए-दोनों मान्यताएँ गलत हैं। आप न संन्यासी बनें और न ही संसारी, आपको बनना है 'तेज संसारी।' आइए, इस बात को गहराई से समझें।

वह मनुष्य जो संसार व संन्यास दोनों से छूट चुका है मगर संसार में रहकर ही आनंद ले रहा है, दे रहा है, उसे तेज संसारी कहते हैं। तेज संसारी – जो संसार व संन्यास से परे है। तेज संसारी का कोई विपरीत शब्द नहीं है। जैसे संसारी का विपरीत शब्द है संन्यासी।

'तेज संसारी' यह नवीनतम कल्पना, नया विचार है, आज के युग की आवश्यकता है। तेज संसारी दोनों (संसारी और संन्यासी) के गुणों का लाभ लेते हुए अपना मूल लक्ष्य जानता है, जिसे प्राप्त करना ही उसका कुल-मूल उद्देश्य है। तेज संसारी संन्यास और संसार के दुष्चक्र से बाहर होता है।

सबसे पहले योगियों और ऋषियों का समय था। योगी और तपस्वी शरीर पर काम करते थे और आजीवन ब्रह्मचारी रहते थे। दूसरी तरफ ऋषि गृहस्थ बनकर

गुरुकुल चलाते थे। आश्रम में आनेवाले सभी शिष्यों को संपूर्ण कलाओं का ज्ञान देते थे, जिसमें संतति (संतान) ज्ञान भी सम्मिलित होता था। ऋषि ग्रहस्थाश्रम में रहकर भी सत्य में स्थापित थे।

संन्यासी जीवन में ऐसे कुछ लोग हुए जो तपस्वी थे, योगी थे जिन्होंने असली आनंद प्राप्त किया। वह आनंद, वह अनुभव उन्होंने लोगों में बाँटना शुरू किया। कुछ समय तक यह चलता रहा। जिसमें बुद्ध, महावीर जैसे ज्ञानियों ने संन्यासी जीवन को महत्त्व दिया, यह समझते हुए कि बुढ़ापे में शरीर साथ नहीं देगा इसलिए भिक्षु बनकर सत्य खोज लिया जाए।

सांसारिक जीवन में १५ वीं सदी में कबीर, नानक, संत तुकाराम (महाराष्ट्र के कई संत) जैसे महान योगी थे, जिन्होंने यह ज्ञान प्राप्त किया, जिन्होंने शादी की। अपने शिष्यों को ज्ञान दिया और गुरु-शिष्य की परंपरा कायम की। कबीर जीवनभर जुलाहे (कपड़े बुनने) का काम करते रहे। उनके बच्चे भी ज्ञानी थे। गुरु नानक भी जीवन के आखिरी साल तक खेती करते रहे। हक और हलाल (कपटमुक्त आजीविका) की कमाई खाते रहे। संसार में रहते हुए भी वे मान्यताओं और कर्मकाण्डों से मुक्त थे तथा दूसरों को भी इनसे मुक्त किया।

आदिशंकराचार्य जैसे ज्ञानियों ने संन्यासी जीवन और साधु बनने की प्रेरणा दी। उन्होंने देश की हर एक दिशा में जाकर बड़े-बड़े पंडितों को शास्त्रार्थ में हराया और उत्तर-दक्षिण, पूरब-पश्चिम में मठों की स्थापना की।

१८ वीं सदी में रामकृष्ण परमहंस, चरणदास जगजीवन साहेब जैसे संतों ने संसार में रहकर ईश्वर की भक्ति करने की प्रेरणा दी।

हमने जाना कि कैसे शुरू से ही यह संसारी व संन्यासी जीवन का चक्र चलता आ रहा है। परंतु समय के साथ असली ज्ञान खो गया और दोनों में कुछ अवगुण शेष रह गए, जिस कारण इंसान न संसारी जीवन का लाभ ले पाया और न ही संन्यासी जीवन का, दोनों से वंचित होकर रह गया। दोनों का इस्तेमाल वह पलायन के लिए करने लगा।

संन्यासी जो सही ज्ञान प्राप्त किए हुए थे, वे लगभग खत्म हो गए और बचे सिर्फ पाखंडी, जो अनेक कर्मकाण्ड में लोगों को उलझाकर, उनके मूल लक्ष्य से उन्हें

दूर ले गए। इसके अलावा संन्यासी वे लोग बनने लगे, जो अपनी जिम्मेदारियों से, समस्याओं से भागना चाहते थे। वे लोग तमोगुणी व सुस्त प्रकृति के लोग थे। आज २१ वीं सदी में ढोंगी साधु-संन्यासी जो भी घूम रहे हैं, वे अपनी जीवन सारणी कभी किसी तीर्थस्थान, दीक्षा-दक्षिणा, लंगर इत्यादि द्वारा चलाने लगे हैं। इसी तामसिक जीवन के साथ वे बड़े खुश हैं। इस सदी में जो संसारी हैं वे तनावग्रस्त हैं और इस तनाव से बचने के लिए वे राहत गुरु की तलाश में इन तथाकथित संन्यासियों के दुष्चक्र में आ जाते हैं।

संसारी जीवन में यही दृश्य है। मनुष्य जन्म प्राप्त हुआ, संसार में जन्म लिया, संसारी बन गया, ठीक वैसे ही जैसे हिंदू बनने के लिए या मुसलमान होने के लिए कुछ करने की आवश्यकता नहीं, केवल उस घर में जन्म लेना ही, उसका हिंदू होना या मुसलमान होना सिद्ध करता है। संसार में मनुष्य माया-मोह में उलझकर रह गया। अपने बच्चों को भी मान्यता और कर्मकाण्ड के साथ जीना सिखाया। आज तक यही होता आया और यही हो रहा है। संसारी कहता है- 'मैं तो संसारी हूँ, संसार में रहकर भी ज्ञान मिल सकता है' लेकिन करता कुछ नहीं।

तेज संसारी ऊपर दिए गए सभी अवगुणों से हटकर, दोनों का फायदा उठाते हुए, दुष्चक्र को तोड़ते हुए, कमल के फूल की तरह मुक्त है। तेज संसारी स्वयं मान्यताओं से मुक्त है तथा बच्चों को मान्यता की समझ देकर उन्हें भी मान्यताओं से मुक्त रखता है। उसे रिश्ते, नातों में 'समझ' (अण्डरस्टैण्डिंग) का महत्त्व पता है। हालाँकि रिश्ते, नाते, शादी ये सब बनाने के पीछे रहस्य यह था कि दो लोगों के मिलन से, योग से अपने आपको जानने के लिए, आत्मसाक्षात्कार पाने में दोनों एक-दूसरे के लिए निमित्त बनें। परंतु आज के युग में यह समझ नष्ट हो चुकी है। आज कितने लोग शादी कर रहे हैं, करवा रहे हैं, छोटी उम्र में शादियाँ हो रही हैं। जो स्वयं बच्चों की तरह लड़ रहे हैं, वे बच्चों को जन्म दे रहे हैं, उनका पालन-पोषण कर रहे हैं। परंतु इन पवित्र रिश्तों में, तेज संसारी न होने के कारण आज दरार आ चुकी है।

जीवन की हर घटना हमें कुछ अनुभव दे रही है, उसका फायदा लें। जो झगड़े जीवन में हो रहे हैं, तनाव आ रहे हैं, वे कुछ अनुभव दे रहे हैं। यदि उन घटनाओं से हमने कुछ न सीखा तो ये झगड़े जीवनभर होते रहेंगे। ऐसे वातावरण में जो बच्चे पलते हैं, वे बड़े होकर बीमार बच्चे बनते हैं। बीमार यानी इनमें से कुछ

अपने आपको दूसरों से कम समझते हैं या दूसरों से ज्यादा मानते हैं। दोनों तरह के बच्चे बीमार होते हैं। ऐसे बीमार बच्चे देश को, विश्व को दिए जा रहे हैं तो देश का भविष्य कैसा होगा? यही बच्चे जब बड़े होकर बच्चे पैदा करेंगे तब विश्व का क्या हाल होगा? इन सबसे बाहर आने का एक ही मार्ग है तेज संसारी बनना, अपने आपको जानकर ईश्वर के गुणों की अभिव्यक्ति करना।

३. **आध्यात्मिक जीवन पचास साल के बाद ही अपनाना चाहिए यानी जब सारी जिम्मेदारियाँ पूरी हो चुकी हों।**

१) आध्यात्मिक रहस्य समझने के लिए पहले बुद्धि का विकास होना जरूरी है। बुद्धि का विकास उम्र के साथ कार्य करते-करते होते जाता है। इसलिए यह मान्यता प्रबल हुई कि अध्यात्म समझने के लिए बड़ी उम्र का होना आवश्यक है। संत ज्ञानेश्वर ने किशोर अवस्था में ही सत्य प्राप्त किया और २१ साल की उम्र में समाधि ली। इसका अर्थ ऊपर दी गई मान्यता सच मानकर नहीं जीना चाहिए।

२) ५० साल के बाद इंसान जीवन में जिम्मेदारियों से निश्चिंत हो सकता है। उसका व्यापार विकसित हो चुका होता है। अब उसे घर-परिवार चलाने के लिए ज्यादा कष्ट नहीं करना पड़ता। उसके पास समय होता है। ये सब बातें सोचकर ऊपर दी गई मान्यता बना दी गई।

३) समाज के अनुभवी लोगों को बुद्ध, महावीर, आदि शंकराचार्य जैसी महान विभूतियों के भिक्षु, साधु, संन्यास जीवन देखकर इस बात का डर था कि यदि लोग आध्यात्मिक जीवन जवानी में ही अपनाने लगे तो समाज का कार्य रुक जाएगा। असली आध्यात्मिक जीवन का अर्थ न जानने की वजह से डर और अज्ञान में ऊपर दी गई मान्यता बनी।

४) उम्र के साथ इंसान अपने जीवन में कई सारे खट्टे-मीठे अनुभव प्राप्त करता है। ये अनुभव प्राप्त करके उसके जीवन में सहज ही वैराग्य उत्पन्न हो सकता है। यह वैराग्य आध्यात्मिक अध्ययन करने में सहायता देता है तथा परम सत्य प्राप्त करने का महत्त्व पता चलता है। वरना कम उम्रवाला इंसान जिसने अभी दुनिया नहीं देखी, उसका आकर्षण माया की तरफ बना रहता है। सत्य

मिलने पर भी वह उसका महत्व नहीं समझ पाता है इसलिए ऊपर दी गई मान्यता बनी।

५० साल के बाद इंसान माया के हर रूप को देख चुका होता है। इसलिए वह सहज ही ईश्वर की ओर आकर्षित होता है तथा स्थायी आनंद प्राप्त करने को लालायित रहता है। लेकिन इस मान्यता के साथ यह खतरा बना रहता है कि ५० साल के बाद शरीर में अनेक रोगों के कारण वह ध्यान, मनन कर ही न पाए। बड़ी उम्र का शरीर इंसान को उतना साथ नहीं देगा, जितना एक जवान, तंदुरुस्त शरीर दे सकता है। इसलिए इस मान्यता के चक्कर में न आकर जल्द से जल्द अपने शरीर को आध्यात्मिक प्रशिक्षण देना शुरू करना चाहिए।

४. *अध्यात्म यानी कुछ विशेष पहनावा।*

१) सत्य की प्राप्ति में निकला हुआ खोजी कई तरह की साधनाएँ करता है। कुछ साधनाएँ शरीर से जुड़ी हुई हैं तो कुछ साधनाएँ मन से जुड़ी हुई हैं। कुछ साधनाओं में शरीर को उपवास, तप द्वारा तपाया जाता है तो कुछ साधनाओं में शब्दों, मंत्रों, कल्पनाओं का सहारा लिया जाता है। साधना में निरंतरता रखने के लिए, सतत याद रखने के लिए कुछ आलंबनों (इशारों–रिमाईंडर्स) की जरूरत होती है। विशेष रंग के कपड़े इंसान को सदैव याद दिलाते रहते हैं कि वह साधना में लगा हुआ है, उसे माया में नहीं फँसना चाहिए। विशेष पहरावा न सिर्फ उसे याद दिलाता है बल्कि औरों को भी इसकी (सत्य की) याद दिलाता है। दूसरे लोग भी उसे उसके कपड़ों को देखकर याद दिला सकते हैं कि साधक होकर भी माया में उलझ रहे हो।

२) सत्य का खोजी लगातार अपनी उपासना में लगा रहे इसलिए उसे माया से दूर रहने की सलाह दी गई। यदि वह रोज अलग-अलग कपड़े पहनता है तब उसका बड़ा समय कपड़ों के रख-रखाव, धुलाई, सिलाई, अलग-अलग रंगों के चयन में निकल जाएगा। इसके अलावा कपड़ों को सँभालना, इस्त्री करना, अगले वस्त्र कौन से सिलाए जाएँ इत्यादि बातों में व्यर्थ में समय जाता है। एक ही ढंग के पहरावे से इंसान इन सब बातों से बच जाता है।

३) जिस तरह के कपड़े हम पहनते हैं, वैसी हमारी चाल-ढाल हो जाती है। जैसी हमारी चाल होती है, वैसे विचार हमें आने लगते हैं। ढीले-आरामदायक,

एक जैसे कपड़ों में इंसान सात्विक जीवन आसानी से जी पाता है। उसके विचार कपड़ों अनुसार सात्विक चल सकते हैं।

४) रंगों का हमारे शरीर पर भी परिणाम होता है। कुछ रंग देखकर इंसान की सात्विक भावना जाग्रत होती है। कुछ रंग राजसिक अथवा तामसिक भावना जाग्रत करते हैं। इसलिए आध्यात्मिक जीवन के साथ कुछ लोगों ने विशेष पहरावे को शुरुआत में अति महत्त्व दिया। शुरुआत में ही साधक को बाहरी चीजों के सहयोग की आवश्यकता पड़ती है। साधना में पक जाने के बाद इन चीजों का महत्त्व अपने लिए नहीं रहता। इन सब बातों को ध्यान में रखते हुए विशेष रंग, हर मौसम अनुसार काम में आनेवाले एक जैसे कपड़ों का चुनाव किया गया।

५. ***अध्यात्म यानी कुछ विशेष गहने, तावीज या माला का सहारा लेकर स्मरण करना।***

आध्यात्मिक जीवन का आरंभ करनेवाला विद्यार्थी मन से बड़ा चंचल होता है। उसे सत्य की प्यास भी है और असत्य की आदत भी है। ज्ञान की भूख भी है, अज्ञान का मोह भी है। प्रेम की चाहत भी है, बदले की भावना भी है। ऐसी हालत में मन को एकाग्रित करने के लिए कई सारे कर्मकाण्ड बनाए गए। इन कर्मकाण्डों के सहारे वह अपने आपको पूजा, अर्चना, आराधना में बिठा पाता है। चंचल मन को उपासना में बिठाने के लिए माला का सहारा लिया जाता है। माला हर बार भूल जाने के साथ सुमिरन करने में सहायक होती है। माला के बहाने वह जप का लक्ष्य निर्धारित कर पाता है। जैसे कि आज तीन मालाएँ फेरीं तो कल चार मालाएँ फेरूँगा इत्यादि। बाहरी कर्मकाण्डों का सहारा लेकर इसकी मान्यता न बना लें। सत्य भूलकर कर्मकाण्डों को ही अध्यात्म न समझ लें।

६. ***अध्यात्म यानी मौत के बाद के जीवन को जानना या पिछले जन्म में 'हम कौन थे?' इसकी खोज करना।***

अध्यात्म यानी सत्य, ईश्वर की खोज। ईश्वर, सत्य मन के क्षेत्र से परे है। सत्य को बुद्धि से पकड़ना असंभव है। सत्य स्वअनुभव है, सत्य स्वसाक्षी है। सत्य की व्याख्या नहीं की जा सकती लेकिन खोजियों को बताने के लिए, उनकी

प्यास बढ़ाने के लिए कुछ बातें जरूर बताई जा सकती हैं। जब कोई ऐसा प्रयास करता है तब जो भाषा बनती है, वह रहस्यमयी लगती है। उदा. समाधि में क्या होता है? जवाब – 'अनुभव कर्ता, अनुभव का अनुभव में अनुभव करता है।' अनुभव कैसे निर्माण होता है? जवाब – 'जैसे एक हाथ की ताली बजती है, वैसे ही अनुभव प्रतीत होता है।' इत्यादि।

मृत्यु उपरांत जीवन की बातें भी रहस्यमयी लगती हैं। मौत के बाद भी जीवन हो सकता है, यह बात ही आश्चर्यकारक लगती है। इस वजह से मृत्यु उपरांत जीवन की जानकारी प्राप्त करने को अध्यात्म समझ लिया गया। अध्यात्म तो जीते जी मृत्यु प्राप्त करने की तैयारी है।

७. *अध्यात्म यानी हर कर्म को तोलना कि क्या फलाँ–फलाँ कर्म से स्वर्ग का रास्ता खुला या नर्क की ओर बढ़े।*

हर मान्यता आरंभिक साधकों के लिए बनाई जाती हैं। बच्चों को आप हर चीज नहीं समझा सकते इसलिए कुछ डर और लालच देकर उनसे पढ़ाई, कमाई करवाई जाती है। डर और लालच की वजह से बच्चा अच्छी आदतें, चरित्र और नीति सीखता है। बाद में बड़े होने पर वह इन बातों का महत्त्व अनुभव से जान जाता है। फिर उसे किसी डर और लालच की आवश्यकता नहीं पड़ती। इसी तरह अध्यात्म में भी नर्क का डर और स्वर्ग का लालच देकर साधना करवाई गई, जो शुरू में ठीक थी लेकिन असली कारण भूल जाने की वजह से आज भी लोग अध्यात्म को स्वर्ग–नर्क की कल्पनाओं में तोलते हैं।

नर्क और स्वर्ग कहीं दूर नहीं है लोग अपना नर्क और स्वर्ग साथ लेकर घूमते हैं। नकारात्मक विचार रखनेवाले अपना नर्क साथ लेकर घूमते हैं। ऐसे लोगों को कहा जाता है, निराशावादी विशेषज्ञ (-ve thinking expert)। ऐसे लोगों से जब आप मिलेंगे तो आपको पता चल जाएगा कि नर्क कैसा होता है। क्योंकि ऐसे लोगों को कोई भी बात बताई जाए तो वे उसमें से नकारात्मक विचार (गलतियाँ) निकालकर बताएँगे। ऐसे लोगों से जल्दी पीछा छूटे, ऐसा आप सोचने लगते हैं। उसी तरह सकारात्मक सोचनेवाले (आशावादी विशेषज्ञ) अपना स्वर्ग साथ लेकर घूमते हैं। जिनकी संगति में आप आनंदित महसूस करते हैं।

८. *अध्यात्म यानी दान, सेवा, पूजा-पाठ नियमित रूप से करते रहना।*

आध्यात्मिक जीवन जीनेवाला अपने शरीर से सभी आदतों, वृत्तियों और गलत संस्कारों को निकालने का प्रण करता है। इन आदतों, वृत्तियों से मुक्त होकर ही वह स्वअनुभव में स्थापित हो सकता है। यह लक्ष्य प्राप्त करने के लिए सेवा को अति आवश्यक माना गया है। सेवा में इंसान अपने मन के सारे खेल देख पाता है। अपनी आदतों, गलत संस्कारों को जान पाता है। अपने अंदर छिपी हुई मान्यताओं को महसूस कर पाता है। सेवा के द्वारा वह अपने आपको जल्द ही आज़ाद कर पाता है। सेवा सेवक की सेवा करती है। दान देकर वह अपने अंदर के मोह और लालच से मुक्त होता है। इस तरह इस व्यवस्था का लाभ लिया जा सकता है। लेकिन यदि कोई बिना खुद को जाने, बिना सत्य श्रवण के केवल सेवा, दान, पाठ-पूजा में लगा रहे तो वह असली अध्यात्म कभी नहीं जान पाएगा।

किसी बच्चे को के.जी. की पढ़ाई ज्यादा अच्छी लगती है। बड़े होने के बावजूद भी वह आगे की पढ़ाई न करना चाहे और उसे के.जी. की पढ़ाई में ही ज्यादा आनंद आता रहे तो वह मूर्ख ही कहलाएगा। ऐसी ही स्थिति अध्यात्म में भी चल रही है। अध्यात्म में आज लोगों ने पुराने जवाब पकड़कर रखे हैं। जैसे :

१. पिछले जन्मों के कर्म आज फल देंगे।

२. आज के कर्म अभी कोई आनंद नहीं देंगे, अगले जन्म में ही उसका लाभ होगा।

३. भाग्य में होगा तो ही हम खुश होंगे। हकीकत में आनंद सभी का जन्मसिद्ध अधिकार है।

४. ईश्वर - विशेष चेहरा, आभूषण, मेकअप रखता है तथा कुछ बातों पर नाराज होता है और कुछ बातों पर खुश होता है।

५. ईश्वर को दुनिया बनाने में सात दिन लगे।

६. आज जो बुरे लोग अच्छा जीवन जी रहे हैं, वे आनेवाले जन्म में भुगतेंगे। ये सब ज्ञान शुरुआत में बताना ठीक है लेकिन आगे चलकर इनके सही जवाब भी दिए जाने चाहिए। जैसे बच्चों को बचपन में जो जवाब दिए जाते हैं, बड़े होकर

वे जवाब बदल जाते हैं। अध्यात्म में भी ऐसा ही होना चाहिए। परंतु आज भी लोग वे ही जवाब मानकर बैठे हैं। ऐसे लोगों की अवस्था कुछ इस प्रकार है कि पुराना ज्ञान अमल करते नहीं और नया कुछ सुनते नहीं, बीच में अटके हुए हैं। परिणामतः पुराने ज्ञान में ही संपूर्ण जीवन व्यतीत करते हैं।

भारत में मूलतः अध्यात्म का ज्ञान, गलत धारणाओं से संबंधित है। गलत अध्यात्म की शिक्षा के कारण इंसान जीवन में दुःख, निराशा, असफलता का कारण ढूँढ़ता है। ऐसे में जो बतानेवाले हैं वे अहंकार के कारण यह नहीं कहते कि 'मुझे मालूम नहीं' बल्कि वे लोगों को कर्म-भाग्य, जीवन-मृत्यु, पिछले जन्मों की कहानियाँ बताते हैं। गलत जवाब देकर इंसान की विचार शक्ति नष्ट कर दी गई है। जैसे बच्चों को कुछ समझाने के लिए, किसी कारणवश कुछ जवाब दिए जाते हैं। परंतु जब बच्चा बड़ा होता है तो उसे असली जवाब दिए जाने चाहिए। के.जी. के अध्यात्म के बाद भी ऐसा ही होना चाहिए। अलीबाबा और चालीस चोर की कहानी में अगर आज कोई कहे कि चालीस नहीं, पैतालीस चोर तो लोग मानने को तैयार नहीं होंगे। परंतु कहानियाँ बदल भी सकती हैं, समय के साथ फिर से सोचना जरूरी है। कहानियों का असली अर्थ समझेंगे तो उनके बदलने पर आपत्ति नहीं करेंगे।

आज लोगों की आध्यात्मिक उन्नति न होने के पीछे कारण है – के.जी. के अध्यात्म से बाहर न निकलना।

के.जी. का अध्यात्म यानी :

- लोग पिछले जन्मों का हिसाब-किताब करने में लगे हुए हैं। आज क्या गलती कर रहे हैं, उस पर किस तरह सुधार हो सकता है, यह नहीं सोचते। इसलिए एक ही गलती बार-बार दोहराते रहते हैं।

- भजन, कीर्तन, राम-नाम की धुनि सुनकर बहुत लोगों की, नौजवानों की यह धारणा बनती है कि पचास साल के बाद ही अध्यात्म को जानें। हकीकत यह है कि असली अध्यात्म जीवन में जल्द से जल्द प्राप्त हो। हमारी समझने की शक्ति बढ़े। जिससे हमारे काम बंद नहीं होंगे बल्कि बिना तनाव के, सहज मन से, जो काम करेंगे वे सही ढंग से और बेहतरीन तरीके से करेंगे।

- कुछ लोग सत्संग के नाम पर नाचते, कूदते हैं। चीखते, चिल्लाते हैं, अध्यात्म के नाम पर मनोरंजन करते हैं। परंतु असली अध्यात्म मन का रंजन (मनोरंजन) नहीं, मन का भंजन है।

- सत्संग यानी मंत्र, दीक्षा दी जाती है, नाम दिया जाता है। फिर उसे साँसों के साथ दोहराने का अभ्यास करने को कहा जाता है, ऐसा नहीं है। असली अध्यात्म में इन मंत्रों का अर्थ समझा जाता है।

- सत्संग यानी किसी विशेष कपड़ों व रंगों को प्रधानता दी जाती है। माला या कर्मकाण्ड को महत्त्व दिया जाता है। लंगर, प्रसाद इत्यादि को मुख्य माना जाता है। 'ऐसा करो, ऐसा मत करो', इसी पर बल दिया जाता है। 'यह त्याग करो, वह त्याग मत करो', यह सिखाया जाता है। 'संन्यासी बनो या संसार से बचो', 'चिंता, क्रोध मत करो' इत्यादि कहा जाता है, जो गलत है।

- सत्संग या अध्यात्म का असली अर्थ आज खो चुका है, ये शब्द भ्रष्ट हो गए हैं। कारण सत्संग में लोगों को डर दिया गया है, यह कहकर कि उन्हें छोड़ेंगे तो सातवें नर्क में जाएँगे। हालाँकि ऐसे सत्संग ही उनके लिए नर्क हैं, जहाँ लोगों को डर, अंधश्रद्धाएँ, मान्यताएँ दे दी गई हैं। सत्संग का असली अर्थ सत्य के साथ संग, जिसे सुनकर जीवन में परिवर्तन हो, जो हमें अपना अनुभव कराए। परंतु बाहर के जगत् में इसके ठीक विपरीत होता है। असली अध्यात्म का ज्ञान आज लुप्त हो जाने के कारण, बिना अनुभव के पंडित जो बता रहे हैं, वही हम आँख बंद करके स्वीकार कर रहे हैं। बिना अनुभव प्राप्त लोगों ने 'आत्मसाक्षात्कार' को गलत धारणाओं से जोड़ दिया है। जैसे प्रकाश दिखेगा, अमृतपान होगा, खेचरी क्रिया होगी, कुण्डलिनी चक्र जाग जाएँगे, अनहद नाद सुनाई देगा, हजार सूरज दिखेंगे इत्यादि। इस तरह इंसान जीवन का मूल लक्ष्य छोड़कर, स्वयं को भूलकर, इन सब बातों (सिद्धियों) में लगा हुआ है।

८

आत्मसाक्षात्कार की मान्यताएँ दुःख और सुख, फायदा और नुकसान, साठ साल का तप, सात जन्म के बाद शक्ति और चमत्कार विकार मुक्ति के बाद

पृथ्वी कभी भी आत्मसाक्षात्कारी लोगों से खाली नहीं रही। वह चल ही इसलिए रही है क्योंकि ऐसे लोग हैं।

१. *आत्मसाक्षात्कार (स्वयं अनुभव) प्राप्त इंसान (गुरु नानक, कबीर, मीरा, ज्ञानेश्वर) कभी दुःखी नहीं होंगे, वे हमेशा सुख में ही रहेंगे।*

सुख और दुःख से ऊपर उठ जाना ही आत्मबोध है। सुख-दुःख से ऊपर उठ जाना यानी कोई समझा-बुझाकर या किसी टेकनीक के द्वारा नहीं बल्कि उस 'समझ' के द्वारा जिसका श्रवण करने से ही उस व्यक्ति को 'मैं कौन हूँ?' और 'मैं यहाँ क्यों हूँ?' यह स्पष्ट रूप से अनुभव हो जाता है।

सुख-दुःख से ऊपर उठ जाना और उस सत्चित आनंद पर रहना यानी अपने स्वभाव पर स्थित रहना ही आत्मबोध कहा गया है। व्यक्ति अपने स्वभाव में स्थित होने पर ही वह 'तेज आनंद' प्राप्त कर सकता है। यह तेज आनंद दो के परेवाला आनंद है। इस आनंद के मिलने के बाद व्यक्ति अपने सुख के लिए किसी बाहरी वस्तु पर निर्भर नहीं रहता। बाहर के जितने भी 'नकली आनंद' हैं वे समय के साथ कम होते जाते हैं। परंतु 'समझ' से जो तेज आनंद की प्राप्ति होती है वह समय के साथ-साथ बढ़ती ही जाती है। बाहर के आनंद होने के लिए हमें बाहर के चीजों की आवश्यकता होती हैं परंतु तेज आनंद तो केवल हमें अपने होने की वजह से ही प्राप्त होता है।

२. *आत्मसाक्षात्कार कुछ लोगों के लिए ही है।*

आत्मसाक्षात्कार तो लाखों लोगों में हुआ मगर हम तक बहुत थोड़े से नाम आए। हम अपने आपसे पूछें, क्या हमने उन लोगों के नाम जानने का कभी प्रयास किया है कि बुद्ध के साथ और कौन लोग थे? उस वक्त उनके साथ लगातार काम करनेवाले कौन-कौन से लोग थे? महावीर के साथ कौन लोग थे? हमें नामों की कभी फिक्र नहीं रही है। हमने कभी उन्हें जानने का कष्ट भी नहीं किया। इंसान ने यह जानने का न ही कष्ट किया और न ही इंसान जानता है कि आत्मसाक्षात्कार क्या होता है, कैसे अलग-अलग अभिव्यक्तियाँ होती हैं।

रमण महर्षि का नाम आपने सुना होगा। वे एक आत्मसाक्षात्कारी थे। मगर उनके शिष्य 'अन्नमलई स्वामी' को आत्मसाक्षात्कार हुआ, यह किसी को पता ही नहीं। किसी से पूछेंगे भी तो १% लोग भी नहीं मिलेंगे जो कहेंगे कि हम उन्हें जानते हैं। वे कहेंगे, 'यह कौन सा नाम कहा आपने, हमने तो कभी सुना ही नहीं।' रमण महर्षि के कितने सारे शिष्य हैं जिन्होंने आत्मसाक्षात्कार प्राप्त किया। अगर आप उनके नाम सुनेंगे तो कहेंगे, 'हमें पता ही नहीं' क्योंकि वे लोकप्रिय ही नहीं हुए। लोकप्रिय हुए भी तो इतने नहीं कि आप तक उनका नाम पहुँचे। हम कभी कष्ट भी नहीं करते यह जानने का। अखबार, पेपरवाले भी उन लोगों के बारे में कुछ नहीं लिखते तो ऐसे लोग प्रसिद्ध नहीं होते। आप मीरा को जानते हैं मगर कोई आपसे पूछे कि 'मीरा के गुरु का नाम क्या था?' तो बहुत कम लोग बता पाएँगे कि 'रविदास' उनके गुरु थे। वे आत्मसाक्षात्कारी थे मगर वे प्रसिद्ध नहीं हुए। मीरा ज्यादा लोकप्रिय हुई। कहीं पर देखेंगे कि गुरु ज्यादा

प्रसिद्ध हुए, कहीं शिष्य ज्यादा प्रसिद्ध हुए। कहीं पर देखेंगे कि दोनों ज्यादा प्रसिद्ध हुए, जैसे विवेकानंद और उनके गुरु रामकृष्ण परमहंस दोनों भी प्रसिद्ध हैं।

कबीर के गुरु, रामानंद महाराज थे। उन्हें आप नहीं जानते मगर कबीर का नाम ज्यादा प्रसिद्ध है, उनके दोहे ज्यादा लोकप्रिय हुए क्योंकि इनके रूप में ईश्वरीय ज्ञान आया है। लोग एकाध दोहा सुनने को तैयार भी होंगे। ज्ञान संगीत में आया तो हम सुनने के लिए तैयार होते हैं। जिन्होंने सीधे उपदेश दिए, वे प्रसिद्ध नहीं हुए। कई सारे शरीरों में मौन की अभिव्यक्ति हुई यानी वे मौन में ही रहे। उन्हें भी लोग नहीं जानते। कुछ भक्त प्रसिद्ध हो पाए क्योंकि कुछ लोगों ने उनसे मिलकर उन पर पुस्तकें लिखीं। निसर्गदत्त महाराज मुंबई की एक सोसायटी में रहते थे। उस सोसायटी के लोगों को भी मालूम नहीं था कि उन्हें आत्मसाक्षात्कार प्राप्त हुआ है। जब लोगों ने देखा कि कुछ विदेशी लोग उनकी सोसायटी के एक छोटे मकान में निसर्गदत्त महाराज से मिलने आ रहे हैं तब उन्हें विचार आया कि वहाँ पर ऐसा क्या चल रहा है? वहाँ विदेशी लोग क्यों आने लगे हैं?

उनसे विदेशी लोग मिलने आए थे क्योंकि निसर्गदत्त महाराज पर किसी ने अंग्रेजी में पुस्तक लिखी, जो विदेशों में प्रसिद्ध हुई। विदेशों से लोग वहाँ दौड़कर आए। निसर्गदत्त महाराज जिंदगीभर उसी सोसायटी में रहे। वे पहले पान की दुकान चलाते थे किंतु उनके पड़ोसी भी उन्हें बाद में ही जान पाए।

देखा जाए तो ऐसे बहुत सारे लोग हैं मगर हम उनके नाम जानने का कष्ट नहीं करते। हमारे अंदर प्रश्न आया क्योंकि हम जिनके नाम बार-बार सुनते हैं वे ही हमें याद होते हैं। बाकी नाम तो याद भी नहीं आते।

सिख धर्म के लोगों को गुरु नानक तो याद आते ही हैं। कबीर पंथ के लोगों को कबीर याद आते हैं। इस्लाम पंथ के हैं तो मोहम्मद याद आते हैं। हिंदू पंथ के हैं तो राम, कृष्ण याद आते हैं। बड़े-बड़े पंथ के धर्मगुरु या अवतार ही याद आते हैं मगर ऐसे करोड़ों लोग हो चुके हैं, जो चुप-चाप मौन में अपने आनंद की अभिव्यक्ति करते रहे। उनके पड़ोस के लोगों को भी पता नहीं चला। उनमें से कुछ लोग सामने इसलिए आए क्योंकि उन पर किसी ने पुस्तक लिखी। वह पुस्तक प्रसिद्ध हुई तो लोगों ने उन्हें जाना वरना लोग जानते भी नहीं थे मगर ऐसी पुस्तकें सभी पर नहीं बनीं। सभी के पास ऐसा कोई सत्य का खोजी (त्रुथ

अंधविश्वास का खुलासा ❐ 84

सीकर) नहीं पहुँचा। सभी के पास कोई ऐसा प्यासा नहीं पहुँचा। लोग तो बहुत पहुँचे मगर सभी को लिखने की आदत नहीं थी। वह शरीर अपने मजे में था। वहाँ कभी विचार ही नहीं आया कि कुछ लिखा जाए।

हर एक की अलग-अलग अभिव्यक्ति है। जिन शरीरों से कुछ लिखा गया वे सामने आए, कुछ से नहीं लिखा गया वे सामने नहीं आए। कुछ सिर्फ आँसू ही बहाते रहे, कुछ भजन ही गाते रहे। किसी के भजन प्रसिद्ध हुए। किसी ने भजन नहीं गाए तो वे सामने नहीं आए। इसका अर्थ लोगों को आत्मसाक्षात्कार नहीं हुआ, ऐसा नहीं है। **पृथ्वी कभी भी ऐसे लोगों से खाली नहीं रही। पृथ्वी इसलिए चल रही है क्योंकि ऐसे लोग हैं।**

मौन को लोग नहीं पहचानते। अगर आपके आजू-बाजू में कोई मौन हो गया तो आप कभी नहीं पहचान पाएँगे कि वहाँ कोई बड़ी घटना हुई है। आप कहेंगे कि कोई धक्का लगा होगा, कोई हादसा हुआ होगा। ज्यादा से ज्यादा आप उसे पागलखाने पहुँचाकर आएँगे। पागलखाने में भी ऐसे कई आत्मसाक्षात्कारी लोग बैठे हैं क्योंकि उन्हें वहाँ कोई फर्क नहीं पड़ता। हम मौन जान नहीं सकते, पहचान नहीं सकते और ऐसी कोई संस्था भी नहीं है जो हमें यह बात सिखाए। कोई पहचाननेवाला नहीं है और जो मौन में गए वे खुद तो बतानेवाले नहीं हैं तो ऐसे लोग कैसे सामने आएँगे? और अगर वे बताएँगे भी तो क्या बताएँगे? आप पूछेंगे कि 'तुम आत्मसाक्षात्कारी हो क्या?' तो वे कहेंगे कि 'तुम भी हो तो मैं क्यों नहीं' क्योंकि उन्हें केवल अनुभव ही दिखाई देता है।

यह तेज आनंद (आत्मसाक्षात्कार) किसी को भी प्राप्त हो सकता है। वह किसी को भी माननेवाला हो, वह चाहे रशियन हो, इंडियन हो, काला हो, गोरा हो, हिंदू हो, मुसलमान हो, ईसाई हो या सिख हो किसी भी धर्म को माननेवाला हो। कोई भी यह तेज आनंद प्राप्त कर सकता है। मोटा, पतला, गोरा, काला, ऊँच, नीच, ब्राह्मण, क्षत्रिय किसी भी वर्ण का हो वह यह तेज आनंद प्राप्त कर सकता है। हर मानव शरीर में अंदर का चैतन्य जाग्रत हो सकता है। यही तो मनुष्य जन्म की विशेषता है। सिर्फ जानवरों में और जो दिमागी तौर पर अस्वस्थ हैं उन्हें आत्मसाक्षात्कार नहीं हो सकता।

३. *आत्मसाक्षात्कार प्राप्त होने से बहुत फायदे होंगे।*

आत्मबोध होने पर व्यक्ति फायदे और नुकसान के परे हो जाता है। हम बाहरी दुनिया में हर चीज को फायदे और नुकसान में ही तौलते हैं परंतु समझ के द्वारा इस तोलू मन की मौत हो जाती है।

यह तोलू मन जो हर चीज को तोलता है। जब कोई घटना हुई कि तोलू मन आकर कहता है कि यह अच्छा हुआ, यह बुरा हुआ। इसमें मेरा फायदा हुआ, उसमें मेरा नुकसान हुआ। इसी तोलू मन को ही तो गिरना है। इसके गिरने के साथ-साथ उस तेज आनंद की प्राप्ति होती है। यह भी मन की एक टाँग है। व्यक्ति जब पहले अंतिम सत्संग में आता है तो यहाँ कुछ मिलने जा रहा है, इसी फायदे के साथ ही आता है। सुनने से क्या फायदा होगा या अलग-अलग तरह के प्रवचन जब वह सुनता है तो पहले मन तुलना करता है कि आज का प्रवचन कुछ खास नहीं हुआ, या उस दिन जो प्रवचन हुआ वह बहुत अच्छा हुआ। परंतु जैसे-जैसे साधक प्रवचन सुनता जाता है और उसकी समझ बढ़ती जाती है तब उसे यह ज्ञान होता है कि फायदा और नुकसान यह तो केवल मन का ही क्षेत्र है। जब वह यह लेबल हटाकर सुनता है तभी वह असली ज्ञान में प्रविष्ट होता है। यह तोलू मन का छुटकारा पाते ही साधक फायदे और नुकसान से ऊपर उठ जाता है।

४. *आत्मसाक्षात्कार के लिए बहुत तप करना पड़ता है। उसके लिए सात जन्म लगते हैं।*

आत्मसाक्षात्कार के लिए सिर्फ मन के लेबलों (ठप्पों) का उतरना ही जरूरी है। इसके लिए किसी तप की जरूरत नहीं। जब भी बच्चा पैदा होता है तो उसे कोई लेबल नहीं लगाया जाता है। संसार में आते ही उसके माता, पिता, गुरुजन और रिश्तेदार उसे सबसे पहले नाम का लेबल दे देते हैं। ऐसे कई तरह के लेबल लग जाते हैं। नाम का लेबल जैसे मैं खुशीराम हूँ, मैं दुःखीराम हूँ, चंगू हूँ या मंगू हूँ, ऐसे कई तरह के अन्य लेबल भी उसे लग जाते हैं।

१. **नाम का लेबल** : मेरा नाम खुशीराम है, मेरा नाम राजेश है, मेरा नाम चंगू है या मंगू है।

२. **मज़हब का लेबल** : मैं हिंदू हूँ, मैं मुसलमान हूँ, मैं सिख हूँ या मैं ईसाई हूँ, ऐसे भी लेबल लगाए जाते हैं।

३. **रिश्तों का लेबल** : मैं भाई हूँ, मैं बहन हूँ, मामा हूँ, मामी हूँ, चाचा हूँ, चाची हूँ।

४. **काम का लेबल** : मैं डॉक्टर हूँ, मैं इंजिनीयर हूँ, मैं बिजनेसमैन हूँ, मैं चौकीदार हूँ, मैं दुकानदार हूँ, मैं प्रोफेसर हूँ।

५. **शरीर और मन का लेबल** : मैं औरत हूँ, मैं मर्द हूँ, मैं मित्र हूँ, मैं दुश्मन हूँ, मैं गृहस्थ हूँ, मैं संन्यासी हूँ, मैं बुद्धू हूँ, मैं बुद्धिमान हूँ।

इसी प्रकार के कई लेबल जो हम अपने साथ लगाए घूम रहे हैं। इन लेबल की वजह से हम उस तेज आनंद से वंचित हो रहे हैं। इन लेबल को तोड़ने के लिए हमारे जीवन में तेज मित्र का होना बहुत ही आवश्यक है। जब तक तेजपारखी हमें इशारा नहीं करेंगे तब तक हम इन लेबल से कभी छुटकारा नहीं पा सकते और जैसे ही ये सारे लेबल गिर जाते हैं तब उस परम आनंद का स्वाद हम अपने जीवन में ले सकते हैं। केवल मान्यताओं की वजह से ही हम अपने आपको कुछ और ही मानकर बैठे हैं। आत्मसाक्षात्कार के लिए केवल मान्यता का परदा गिरना ही जरूरी है। मान्यताओं के हटते ही 'मैं कौन हूँ' यह हम आसानी से जान सकते हैं। इन सब लेबलों में और एक मुख्य लेबल है, **गुरु और शिष्य** का लेबल। इस लेबल का टूटना भी अनिवार्य है परंतु कोई पहले ही इस लेबल को हटाने की मूर्खता करे तो आगे का काम न हो सकेगा। इन लेबल से छूटते ही यह जरूरी है कि सबसे बड़ा लेबल जो हम सभी अपने साथ लिए घूम रहे हैं वह है 'मैं' यह शरीर और मन हूँ।

१) शरीर का लेबल – शरीर को मैं मानकर चलना ही सबसे बड़ा लेबल है। यह शरीर जिसके द्वारा मैं बोल रहा हूँ तो क्या मैं इसे मैं मानकर ही चल रहा हूँ। शरीर तो केवल निमित्त मात्र है या यह कहें कि केवल एक द्वार जिसके द्वारा बोला जा रहा है। जैसे बच्चे इस संसार में माँ–बाप के द्वारा आते हैं तो माँ–बाप केवल निमित्त हुए इस संसार में लाने के लिए या यह कहें कि केवल एक द्वार जिसके द्वारा इस संसार में आते हैं। परंतु माँ–बाप बच्चों के मालिक बन बैठते हैं।

२) किसी एक्सीडेंट में व्यक्ति के हाथ-पाँव कट जाएँ तो भी उसे पूछे जाने पर वह अपने आपको अंदर से पूर्ण ही महसूस करता है। एक पाँव न होने से या एक हाथ कट जाने से वह यह नहीं कहता है कि मैं आधा हो गया हूँ। यह जो एहसास है अपने होने का वह हमेशा पूर्ण ही रहता है। व्यक्ति केवल गलत धारणा की वजह से अपने आपको शरीर मान बैठता है। शरीर जो केवल एक जड़ वस्तु है, जैसे कि पंखा वह केवल एक वस्तु है। उसी तरह शरीर भी केवल एक वस्तु है परंतु इस शरीर को मैं मानकर जीना ही अहंकार कहा गया है।

३) हमें शरीर से इतना तादात्म्य हो गया है कि कोई आज इशारा करे तो भी हम जल्दी उसका विश्वास नहीं करते। पर इस सत्य को हमें स्वीकार करना ही है कि शरीर और मैं अलग-अलग चीजे हैं। जैसे एक माइक का उदाहरण लीजिए। माइक तो केवल एक उपकरण है, जिसके द्वारा बोला जा रहा है। व्यक्ति माइक के द्वारा बोले कि 'मै बोल रहा हूँ' यह शब्द निकलते ही माइक को भ्रम हो जाए कि वह खुद बोल रहा है तो आप उसे क्या कहेंगे कि 'तू केवल एक वस्तु है और तेरे द्वारा जो बोल रहा है वह है असली "Subject", असली चैतन्य, सेल्फ, ईश्वर, वक्ता, बोलनेवाला।'

इस तरह जो इस शरीर के द्वारा बोल रहा है उसी को ही जानना है और उसी को जानना यानी अपने आपको जानना। जिस क्षण हमें अपना ज्ञान हो गया उसी क्षण हमें यह भी पता चलेगा कि शरीर तो केवल निमित्त है और वह केवल निमित्त का काम करे।

४) शरीर को अगर हम 'मैं' मान भी लेते हैं तो क्या हमें शरीर में बहते हुए खून का अनुभव होता है। वास्तव में अगर हम शरीर हैं तो हमें शरीर में बहते हुए खून की चिपचिपाहट महसूस होनी चाहिए और हम अपने आपको गीला भी महसूस करते परंतु ऐसा नहीं होता हम तो हमेशा अपने आपको सूखा ही अनुभव करते हैं।

५) आत्मसाक्षात्कार में यही ज्ञान दिया जाता है कि 'मैं यह शरीर नहीं हूँ', इस शरीर के आने से पहले भी मैं था और इस शरीर के जाने के बाद भी 'मैं' रहूँगा। आज भी हम अगर अपनी आँखें बंद कर केवल अपने होने की तरफ ध्यान दें तो हमें पता चलेगा कि हमारे होने में कोई परिवर्तन नहीं होता। जो भी परिवर्तन होता

है वह केवल शरीर पर ही होता है। जब हम बच्चे थे तो भी हमारा होना वैसा ही था जैसे आज है। यदि कोई आँख बंद करके यह कल्पना करे कि 'मैं इसी क्षण बूढ़ा हो गया हूँ', तो भी वह अपने होने की अवस्था को उस तरह पाएगा जैसे आज है। इसके द्वारा केवल हमें यह समझ मिलती है कि जो भी परिवर्तन है वह चाहे सुख हो, दुःख हो, पीड़ा हो, संताप हो, जो भी हो वह केवल शरीर के स्तर पर ही है।

इस शरीर के लेबल के साथ-साथ और एक लेबल महत्वपूर्ण है वह है अपने आपको हम मन मानकर बैठे हैं। मन यानी विचारों का पुलिंदा और इन पुलिंदा विचारों की वजह से ही हम सुख और दुःख मना रहे हैं। सुख और दुःख केवल एक विचार ही तो है और यह विचार हरदम बदल रहे हैं। इस 'समझ' के पहले हम इन विचारों को ही मैं मानकर बैठते हैं। इन विचारों से हम इतने जल्दी चिपक जाते हैं कि यह विचार ही मैं हूँ यह सोचकर ही हम अपनी पूरी जिंदगी जीते हैं।

हमें पूरे दिन में कई तरह के विचार आते हैं जैसे मैं उदास हूँ, तो हम अपने आपको कभी यह नहीं पूछते कि कौन उदास है क्योंकि मैं उदास हूँ यह तो केवल एक विचार है और इस विचार के आते ही हम अपना असली स्थान जिसे हम 'तेजस्थान कहते हैं' छोड़कर विचार के साथ एक हो जाते हैं। इस तरह हमें दिनभर में कई तरह के विचार आते हैं जिससे हम तुरंत चिपक जाते हैं। 'मैं बोर हुआ' यह भी केवल एक विचार मात्र है जिसके आते ही हम अपने आपको बोर समझने लगते हैं। विचारों के साथ तादात्म्य होते ही हम वह बन बैठते हैं जो हम नहीं है। इन विचारों को 'मैं' मानकर जीना ही सबसे बड़ी मान्यता है। इस मान्यता का टूटना ही सबसे अनिवार्य है उस समझ का आना जो हमें यह बताए कि विचार तो केवल निमित्त है मुझे मेरे होने का एहसास दिलाने के लिए। विचारों की वजह से ही मुझे मेरा एहसास हो पाता है। रात को गहरी नींद में जब बिलकुल विचार नहीं होते तो मुझे मेरा एहसास भी नहीं होता।

शरीर और मन यह केवल एक निमित्त ही है। जैसे हम अपने साथ एक आइना लिए घूम रहे हैं और इस आइने की वजह से मैं अपना चेहरा देख पाता हूँ, इस आइने की वजह से ही मैं अपने आपको महसूस कर पाता हूँ। कभी यह आइना विचारों से भर जाता है, कभी यह आइना पीड़ा में होता है, परंतु इससे मुझे जो मेरा असली होना है उसे कोई भी फर्क नहीं पड़ता। कल अगर यह आइना टूट

भी जाए तो भी मैं वैसे ही रहता हूँ। रात को गहरी नींद में यही तो होता है, जैसे ही विचार बंद होते है मुझे मेरा एहसास भी नहीं होता पर फिर भी मैं होता हूँ क्योंकि सवेरे उठते ही हम यह कहते हैं कि 'मैने अच्छी नींद ली' तो यह कौन था जो गहरी नींद में भी था, अभी भी है। इसी असली मैं को जानना ही "Self Realisation" (आत्मबोध) है।

इन दो लेबल के गिरते ही व्यक्ति भी गिर जाता है। यह व्यक्ति जो विचारों की वजह से बन बैठा या उसे सिर्फ यही समझ मिलती है कि वह तो सिर्फ एक विचार मात्र है। व्यक्ति का गिरना ही आत्मसाक्षात्कार कहा गया है।

५. *व्यक्ति (मन) को आत्मसाक्षात्कार (स्वबोध) प्राप्त होता है ।*

आज तक कोई व्यक्ति 'रिअलाईज्ड' नहीं हुआ बल्कि व्यक्ति गिरता है तो आत्मसाक्षात्कार होता है। शुरुआत में तो यही कहना पड़ता है कि रमण महर्षि रिअलाइज्ड हुए, गुरु नानक रिअलाइज्ड हुए, बुद्ध रिअलाइज्ड हुए, परंतु व्यक्ति कभी रिअलाइज्ड नहीं हुए। व्यक्ति का अर्थ है अहंकार जो अपने आपको सबसे अलग मानता है। जब अलग होने की मान्यता टूटती है, सभी में एक ही चेतना काम कर रही है, पता चलता है तब आत्मसाक्षात्कार होता है। जैसे चश्मा आँख को नहीं देख सकता वैसे ही मन स्वसाक्षी (सेल्फ, आत्मा, परमात्मा) को नहीं देख सकता।

६. *आत्मसाक्षात्कार के बाद जब व्यक्ति (अहंकार) गिर जाता है, तब बाहर से कई परिवर्तन होते हैं – जैसे मांस–मच्छी खाना छोड़ देना इत्यादि।*

आत्मसाक्षात्कार के मार्ग में यह सबसे बड़ी बाधा बन जाती है क्योंकि आज तक जितने भी तेजज्ञानी लोग हुए हैं, उन्हें अनुभव तो एक जैसे ही हुए हैं, परंतु उन्होंने उसकी अभिव्यक्ति अलग-अलग प्रकार से की है। बाहर से देखनेवाले लोग तो अपने हिसाब से ही देखते हैं। कुछ लोग स्वयं अनुभव के बाद मौन में चले गए, कुछ जो कम बोलनेवाले थे वे और ज्यादा बोलने लग गए। जिन्होंने कभी भजन नहीं गाया हो वे भजन गाने लगे। जो पढ़े-लिखे नहीं थे वे उपनिषद् या पुराणों की भाषा बोलने लगे। रमण महर्षि जैसे ज्ञानी १५ साल तक कुछ बोले ही नहीं या मोहम्मद जैसे मसीहा जिन्होंने अपनी जिंदगी में ऐसा सोचा नहीं था कि वे मसीहा बनेंगे, उनसे पूरी कुरान भाषित हुई – पूरी कुरान उतर आई।

ऐसा भी हो सकता है कि स्वबोध के बाद वह जो पहले करता था, वह वही करता रहे। दुकानदार अपनी दुकान ही चलाता रहे। हो सकता है बकरी काटनेवाला बकरी ही काटता रहे क्योंकि वह उसका पुश्तैनी व्यापार रहा हो या यह भी हो सकता है कि वह अपनी आजीविका बदल दे, छोड़ दे। इसमें जरूरी नहीं है कि इंसान में कोई बाहरी बदलाहट आनी ही चाहिए, बदलाहट आ भी सकती है लेकिन वह एक समझ के अंतर्गत होगी। आत्मसाक्षात्कार के बाद इंसान स्वमत, गुरुमत को ज्यादा महत्त्व देगा, न कि लोकमत।

संपूर्ण दुनिया यह कहे कि आप शांत नहीं हो और आपको शांति महसूस हो रही है, तो आप यह सच समझेंगे या आप अंदर से अशांत हो और लोग आपको कहें कि आप शांत हो गए हो तो इनमें आप किस बात को ज्यादा अहमियत देंगे? बाहर से देखनेवाले लोग तो अपने हिसाब से तुलना करना चाहते हैं। जिस तरह पहले ज्ञानी लोग हो गए हैं उसी तरह नए संत भी चलने चाहिए। 'सेल्फ', 'ईश्वर' या 'कुदरत' कभी भी वही बात नहीं दोहराती। वह हमेशा नए में यकीन करती है। कुदरत का यह नियम है कि वह बुद्ध, मीरा, रमण महर्षि, महावीर, कबीर, ज्ञानेश्वर, तुकाराम, एकनाथ, नामदेव द्वारा उसी चीज को अलग-अलग ढंग से प्रस्तुत (अभिव्यक्त) करती है। इंसान का मन ही चाहता है कि ज्ञानी इंसान इस-इस ढंग से चलना चाहिए, इस-इस तरह की बातें करनी चाहिए, अगर वह इस तरह चलता नहीं है या बातें नहीं करता है तो वह ज्ञानी नहीं है। मन तो हर चीज को फिक्स (पक्का) पकड़ता है ताकि समझने में कठिनाई न हो परंतु मन का 'फिक्स' (पक्का) पकड़ना ही आत्मसाक्षात्कार में सबसे बड़ी बाधा है।

७. ***आत्मसाक्षात्कार के बाद इंसान को कभी गुस्सा नहीं आएगा, उसकी आँखों में हमेशा प्रेम होगा।***

संसार में ऐसे बहुत सारे लोग हैं जो कभी गुस्सा नहीं करते तो क्या वे सभी सेल्फ रियलाइज्ड हैं? बहुत सारे लोग ऐसे हैं जो हर घटना में एक समान शांत रहते हैं तो क्या वे ज्ञानी हैं? ऐसे बहुत सारे अभिनेता हैं जो क्रोध न करने का अभिनय बहुत ही अच्छी तरह कर सकते हैं तो क्या वे ज्ञानी हैं? गुस्सा आना, न आना इससे उसे (स्वज्ञानी को) कोई फर्क नहीं पड़ता। जहाँ यह घटना घटी है - क्योंकि अब वहाँ व्यक्ति गिर चुका जो यह बाद में सोचता था कि मैने गुस्सा किया, मुझे यह

गुस्सा नहीं करना चाहिए था, मैं अगली बार से गुस्सा नहीं करूँगा- वहाँ केवल साक्षी ही बचता है या केवल समझ ही बचती है। अब तो वहाँ केवल हर घटना को जाननेवाला ही रह गया। वह अकेले में बैठकर यह नहीं सोचेगा कि आज-कल मैं गुस्सा नहीं करता, मैं बहुत ही नम्रता से बात करता हूँ, मैं आज-कल इस तरह बैठता हूँ या इस तरह उठता हूँ। उस शरीर से परिस्थिति अनुसार क्रियाएँ तेजस्थान से उठती हैं, जो सभी के हित में होती हैं। गुस्सा होना, न होना दोनों क्रियाओं का कर्त्ता वह नहीं रहता।

८. *आत्मसाक्षात्कार प्राप्त (सेल्फ रियलाइज्ड) इंसान को सपने नहीं आते।*

यह मान्यता गलत है क्योंकि आत्मबोध के बाद इंसान केवल सपने ही देखता है। रात को तो सपने देखेगा ही परंतु जागरण के बाद भी जीवन केवल सपना ही रह जाता है। नींद में इंसान सपने देखता है और उस सपने में कई तरह के दृश्य देखता है परंतु दृश्य देखते वक्त वह उसे ही सत्य समझने लगता है। उसी तरह इन चलनेवाले दृश्यों को भी इंसान सत्य समझने लगता है और उसी को ही सच समझने लगता है। इस 'समझ' (तेजज्ञान) के द्वारा दुनिया में जो चल रहा है वह केवल एक सपना ही बनकर रह जाता है।

जैसे परदे पर एक बहुत बड़ी फिल्म चलती है और उस फिल्म में कई कलाकार हिलते-डुलते हैं, उसमें कभी-कभी आग के भी दृश्य होते हैं पर इससे उस परदे पर कुछ नहीं होता, जिस पर वह दृश्य दिखाया जा रहा है। पीछे जो परदा रहता है वह वैसे का वैसा ही रहता है। दृश्य में आग लगने के बावजूद परदे को आग नहीं लगती। उसी तरह जीवन में भी जो परिवर्तन है वे केवल दृश्य में ही है परंतु असली स्वसाक्षी पर उसका कोई प्रभाव नहीं पड़ता। आत्मसाक्षात्कारी के लिए सब चीजें सिवाय सेल्फ (ईश्वर) की माया (स्वप्न) ही रह जाती है। सपने से ज्यादा मूल्य वह किसी को नहीं देता क्योंकि वह जान जाता है कि कैसे दो सपनों (रात और दिन) के सहयोग से, संयोग से यह लीला चल रही है।

९. *आत्मसाक्षात्कार के लिए संसार छोड़ना आवश्यक है।*

यह बहुत ही पुरानी धारणा है कि आत्मबोध के लिए इंसान को संसार छोड़ देना जरूरी है। यह केवल एक मान्यता है और 'समझ' से हमें यही ज्ञान होता है कि संसार में रहकर संसारी बनना मान्यता है, उसी तरह संसार छोड़कर संन्यासी

बनना भी मान्यता है। दोनों एक ही लेबल हैं परंतु दो के परे और एक अवस्था है जिसे हम कह सकते हैं 'तेज संसारी' जो संन्यासी और संसारी के परे है। कुछ लोग संसारी बनकर बैठे हैं और कुछ लोग संन्यासी बनकर बैठे हैं परंतु 'तेज संसारी' दोनों से मुक्त है। यह केवल 'समझ' ही हमें समझाती है कि इन 'तेज संसारियों' को कुछ छोड़ने की जरूरत नहीं पड़ती। इन्हें संसार में रहकर ही वह बोध प्राप्त हो सकता है। ऐसा कोई समय था जब व्यक्ति को ज्ञान के लिए सब कुछ छोड़ देने के लिए कहते थे और अलग-अलग समय पर अलग-अलग लोगों ने अनेक तरह की पद्धतियाँ निकालीं। इस समझ के ज्ञान के बाद इंसान संसार में रहकर भी अपने आप पर आसानी से रह सकता है। जैसे-जैसे यह समझ उसमें आएगी वैसे ही उसका अपने आपमें रहना सहज होता जाता है। गुरु नानक, कबीर, संत तुकाराम इत्यादि अनेक ऐसे उदाहरण हैं जो संसार में रहकर भी स्वअनुभव पर टिके रहे।

१०. *आत्मबोध प्राप्त इंसान सारा दिन समाधि में ही रहता है।*

लोगों की यह मान्यता है कि आत्मसाक्षात्कार प्राप्त होने के बाद इंसान आँख बंद करके सदा ध्यान व समाधि में रहेगा। इस तरह की मान्यता के पीछे कारण यह है कि लोगों ने बुद्ध, महावीर जैसे महापुरुषों की मूर्तियाँ देखी हैं। ये मूर्तियाँ ध्यान मुद्रा में बैठी हुई प्रतिमाएँ हैं।

अपने आप पर जैसे ही रहना सहज होता जाएगा, वैसे ही आत्मबोध प्राप्त इंसान को यह ज्ञात होगा कि समाधि तो उसका स्वभाव है, उसे कोई आसन लगाकर या बैठकर समाधि में जाने की आवश्यकता नहीं है। जैसे-जैसे अपने आप पर रहना सहज होते जाएगा, वैसे-वैसे सहज समाधि फलित होती जाएगी। काम-काज सहज मन द्वारा चलते रहेंगे। उस शरीर का जो रोल (कार्य, लक्ष्य) है, जिसके लिए वह पृथ्वी पर आया है, वह रोल होता रहेगा, वह भी जोर में।

११. *आत्मसाक्षात्कार प्राप्त होने के बाद सभी ज्ञान फैलाते हैं।*

यह कोई अनिवार्य नहीं है कि सभी ज्ञानी इस ज्ञान के बाद दूसरे लोगों तक ज्ञान फैलाएँ। परंतु अकसर यह देखा गया है कि ज्ञान मिलने पर ज्ञानियों ने इस ज्ञान का फैलाव किया है। जैसे नानक, बुद्ध, महावीर ने सब जगह घूमकर लोगों तक ज्ञान फैलाया, मीरा ने नाचकर, भजन गाकर उसी ज्ञान को दूसरों तक पहुँचाया।

कबीर ने अपने दोहों के द्वारा लोगों तक ज्ञान का प्रसार किया। तुकाराम ने अपने अभंगों से सारे महाराष्ट्र में ज्ञान फैलाया। ज्ञान सबका एक होने पर भी सबने इस ज्ञान को अलग-अलग ढंग से फैलाया। कई सारे ऐसे ज्ञानी भी हुए हैं, जिन्हें आत्मसाक्षात्कार हुआ परंतु लोगों को पता नहीं क्योंकि वे चुपचाप अपने काम में लगे रहे और दुनिया से चले गए।

१२. *आत्मसाक्षात्कारी इंसान के नजदीक जाते ही शक्ति, सुगंध, अहंकार के गिरने का अनुभव होगा।*

बुद्ध, जीज़स, मीरा के खिलाफ भी लोग थे। उन पर पत्थर फेंकनेवाले और सूली पर चढ़ानेवाले लोग भी थे तो उन लोगों को शक्ति, सुगंध या शांति का अनुभव क्यों नहीं होता था? हकीकत यह है कि जिन लोगों को सत्य की प्यास हैं वे ही लोग आत्मसाक्षात्कारी पुरुष के संपर्क में आते ही मौन, शक्ति व आनंद का अनुभव करते हैं क्योंकि वे ग्रहणशील होते हैं। जब आप अपने घर की खिड़की खोलते हैं तब ही सूरज की रोशनी अंदर आ पाती है। जो ग्रहणशील नहीं हैं, जिनकी खिड़की बंद है, जो अविश्वासी, अहंकारी हैं, उन लोगों को इस तरह का कोई अनुभव नहीं होता।

१३. *आत्मसाक्षात्कार के बाद सबको चमत्कार दिखाने चाहिए।*

यह केवल एक मान्यता है कि आत्मबोध प्राप्त हुए सत्पुरुषों को चमत्कार दिखाने ही चाहिए। इसी कल्पना की वजह से बहुत सारे ढोंगी लोगों ने झूठे चमत्कार दिखाकर अपने आपको आत्मबोध प्राप्त ज्ञानी साबित करने की कोशिश की है। ऐसे बहुत सारे आत्मबोध प्राप्त इंसान थे, जिन्होंने चमत्कार दिखाए परंतु उनके लिए वह बहुत ही सहज घटना थी। उन्हें इस बात से कोई लेना-देना नहीं था कि मेरे चमत्कार से किसी को लाभ या हानि होगी। उनके शरीर से उस वक्त जो भी करवाया जा रहा था, वह केवल उसके लिए निमित्त मात्र थे। उस वक्त के लोगों के हिसाब से या उस वक्त के माहौल व जरूरत के हिसाब से जो भी महत्वपूर्ण था, वह उनके शरीर द्वारा करवाया गया।

इस ज्ञान को उपलब्ध हुए ज्ञानी के करीब बैठना ही सबसे बड़ा चमत्कार है। इस ज्ञान के प्रकाश में जो नासमझी साधक के मन में भरी है, वह अपने आप खत्म होती है।

सत्य के मार्ग पर चलते हुए इंसान को कई तरह के अनुभव आते हैं और इन अनुभव के साथ-साथ उन्हें कई तरह की सिद्धियाँ भी प्राप्त हो सकती हैं। परंतु यह कोई अनिवार्य नहीं है कि सभी आत्मसाक्षात्कारी इंसान चमत्कार दिखाते ही हैं क्योंकि जो भी रिद्धि-सिद्धि इस मार्ग के रास्ते पर होती है वह केवल आत्मसाक्षात्कार के लिए बाधा ही है। इसलिए साधक को चाहिए कि जो भी अनुभव हो या जो भी रिद्धि-सिद्धि प्राप्त हो, उस पर ज्यादा ध्यान न देकर आत्मसाक्षात्कार की तरफ बढ़े। अपने आप पर रहना ही अपने आपमें सबसे बड़ा चमत्कार है।

कुछ ज्ञानियों ने चमत्कार करके यह ज्ञान लोगों तक पहुँचाया। वह उस समय की माँग थी इसलिए उन लोगों द्वारा चमत्कार हुए। चमत्कारों से लोग सुलझते कम और उलझते ज्यादा हैं। उस वक्त जो लोग उनके सामने उपलब्ध थे, उन्हीं के हिसाब से उन चमत्कारों का उपयोग किया गया। चमत्कार देखकर कुछ लोगों की श्रद्धा बढ़ सकती है और वे सत्य के मार्ग पर अग्रसर हो सकते हैं। चमत्कार में उलझकर हानि भी हो सकती है। चमत्कार शरीर की शक्तियों, सिद्धियों से संबंधित है। जबकि स्वबोध शरीर से परे, शरीर की वजह से जाना जाता है।

१४. आत्मबोध प्राप्त इंसान कभी बीमार नहीं पड़ते और वे दूसरों की पीड़ाएँ दूर कर सकते हैं।

आत्मसाक्षात्कार के बाद इंसान कभी बीमार नहीं होगा, यह बड़ी मान्यता है। बीमार तो केवल शरीर होता है। आत्मबोध के बाद इंसान जान जाता है कि जो बीमार होता है वह मैं नहीं हूँ, जो मेरा होना है, वह उस शरीर से बिलकुल अलग है। जैसे इस ज्ञान के पहले शरीर में दर्द और पीड़ाएँ रहती थी, उसी प्रकार ज्ञान के बाद भी इस शरीर में पीड़ाएँ और दर्द होंगे लेकिन पहले जो इस शरीर से तादात्म्य था वह टूट जाएगा। ज्ञान के पूर्व इंसान को यही लगता है कि 'मैं बीमार हुआ, मुझे पीड़ा हुई', परंतु इस समझ के बाद वह अपने स्वयं अनुभव के साथ यह जाननेवाला होगा कि '**मैं इस शरीर के दुःख-दर्द को केवल जाननेवाला स्वसाक्षी हूँ, न मैं बीमार और न ही मैं स्वस्थ हूँ।**'

अध्यात्म में यह सबसे बड़ी मान्यता है कि आत्मबोध प्राप्त इंसान दूसरों की पीड़ाएँ दूर करेगा। यह जरूरी नहीं है कि वे दूसरों के दुःख, दर्द और पीड़ाएँ

दूर करें। ऐसे कई संत इस धरती पर हुए हैं, जिन्होंने ज्ञान के बाद कई लोगों की पीड़ाएँ दूर की हैं, परंतु जब वे दूसरों के दुःख, दर्द दूर कर रहे थे, तब उन्हें भी इस बात का बोध नहीं था कि वे अपने हाथ के छूने से दूसरों के दुःख, दर्द दूर कर सकते हैं। यह घटना तो उनके लिए बहुत ही सहज और सामान्य थी। जैसे जीज़स ने अपने समय में कई लोगों को ठीक किया, परंतु यह जरूरी नहीं है कि जितने भी आत्मबोध प्राप्त इंसान हैं, वे सभी दूसरों के दुःख, दर्द और पीड़ाएँ ठीक करेंगे। बहुत सारे लोग आत्मबोध प्राप्त इंसान के पास जाते हैं तो वे केवल अपने शरीर की पीड़ाएँ और दुःख, दर्द ठीक करवाने के लिए ही जाते हैं। शरीर की पीड़ाएँ एक बार ठीक करने से फिर से आ सकती हैं। परंतु इस ज्ञान (स्वबोध) द्वारा इंसान का इसी जीवन में शरीर से तादात्म्य टूट जाता है और वह अपने आपको शरीर से अलग जानकर अपने आप पर रहना शुरू करता है।

१५. *सभी के लिए आत्मसाक्षात्कार एक जैसा नहीं है।*

यह एक बहुत बड़ी मान्यता है कि सभी का अनुभव अलग-अलग है। आज तक जितने भी आत्मबोध प्राप्त इंसान इस धरती पर हुए हैं, उन सभी का अनुभव एक जैसा ही है। किसी का कम या किसी का ज्यादा ऐसा कुछ भी नहीं है। केवल जब घटना जिस शरीर में घटी उन सभी महापुरुषों से अलग-अलग तरह की अभिव्यक्तियाँ हुईं। जो शरीर भजन में लीन था, उसे अंत में समझ मिली और जो शरीर ज्ञान मार्ग में था, उसे अंत में भजन मिला।

आज तक सभी की यही मान्यता थी कि भजन करो तो ईश्वर की प्राप्ति होगी, ध्यान करो तो मोक्ष की प्राप्ति होगी। परंतु जैसे-जैसे इंसान समझ के मार्ग पर चलता है तो उसे यही समझ मिलती है कि पहले ईश्वर प्राप्ति, फिर निकलेंगे असली भजन, पहले मोक्ष फिर होगा ध्यान। पहले 'मैं कौन हूँ' यह जानना फिर होगा असली ज्ञान। जैसे-जैसे अपने आप पर रहना होगा, इंसान अपने आप विकारों से छूट जाएगा। उसे एक-एक विकार से लड़ना नहीं होगा। अनुभव तो एक जैसा होगा लेकिन बताने, समझाने व पेश करने का ढंग अलग होगा, यही कुदरत की खूबसूरती है।

१६. *कुण्डलिनी (आंतरिक शक्ति) जाग्रत होना, हजारों-हजार सूरज का दर्शन होना, यही आत्मसाक्षात्कार है।*

यह भी आत्मसाक्षात्कार में सबसे बड़ी बाधा है कि 'मुझे शरीर पर अनुभव हो, मुझे वैसे ही अपने अंदर प्रकाश दिखे, जैसे मेरी आँखों को दिखता है।' जब भी अनुभव कहा जाता है तो व्यक्ति को मन और शरीरवाला अनुभव ही याद आता है। जो भी अनुभव हैं, वे केवल शरीर और मन के क्षेत्र के हैं। जो भी अनुभव मिलता है वह पहले से ही होना चाहिए वरना जो अनुभव समय के साथ खत्म हो वह तो मन का ही अनुभव होगा। मन को आज तक जो भी अनुभव हुए वे कुछ ही पल में खत्म होते हैं और वह अनुभव बार-बार प्राप्त करूँ, यही इच्छा मन करता रहता है। ध्यान के मार्ग में जिन्हें भी अनुभव हुए हैं वे केवल सत्य के मार्ग में बाधा ही बन सकते हैं क्योंकि आज जो अनुभव महसूस हुआ वह फिर से उसी तरह नहीं होगा और अज्ञान में इंसान वही अनुभव बार-बार से लाने की कोशिश करेगा।

जो भी अनुभव या परिवर्तन हैं, वे केवल शरीर और मन तक ही सीमित हैं। मन को पसंद आनेवाले अनुभव केवल बाधा ही बन सकते हैं। इस समझ मार्ग में साधक को केवल यही समझ दी जाती है कि उसका होना ही सबसे बड़ा अनुभव है और उसे दूसरे किसी भी अनुभव की आवश्यकता नहीं है। आज तक हम यही मानकर बैठे थे कि मैं बंधन में था या मुझे निर्वाण पाना है परंतु जैसे ही समझ आ गई तो हमें यह ज्ञान होता है कि मुक्त तो हम शुरू से ही थे, निर्वाण तो हमारा स्वभाव है।

'मैं अज्ञानी हूँ' यह भी सबसे बड़ी मान्यता है। सभी मान्यताओं से छुटकारा मिलते ही उस ज्ञान का पदार्पण होता है। कुण्डलिनी जाग्रत होना, हजारों-हजार सूरज का दर्शन होना, ये तो केवल शब्द हैं जिन्होंने अध्यात्म को बहुत ही कठिन बना दिया है वरना अध्यात्म तो बहुत ही छोटा व महत्वपूर्ण विषय है। कुण्डलिनी जाग्रत होना यह तो केवल शरीर का ही एक अनुभव है, इसका आत्मसाक्षात्कार के साथ कोई लेना-देना नहीं है। अपने आप पर स्थित रहने को ही स्थितप्रज्ञ कहा गया है। समझ के साथ हमें यही बोध कराया जाता है कि आत्मबोध होना क्या है? आत्मबोध तो हमें है, केवल उसकी समझ मिल जाए। रात गहरी नींद में रोज हम उसी अवस्था का अनुभव करते हैं। रात गहरी नींद में शरीर और मन दोनों गायब हो जाते हैं। यह संसार, ये सारे लोग, मन और शरीर सब विलीन हो जाते हैं, फिर भी कोई जाग्रत रहता है, जो सवेरे उठते ही गायब

नहीं होता। केवल मन और शरीर की मान्यताओं की वजह से वह ढँक जाता है। जैसे बादल सूरज को ढँक देता है, उसी तरह ये मन की मान्यताएँ उस ज्ञान को ढँक देती हैं। इस समझ के द्वारा हम सहज ही जाग्रत अवस्था में उस गहरी नींद का स्वाद ले सकते हैं।

१७. ***आत्मसाक्षात्कार के बाद हमारा धर्म छूट जाएगा या हमें धर्म बदलना होगा।***

इस 'समझ' (अण्डरस्टैण्डिंग) के बाद हमें अपने सही धर्म ही पहचान होगी। अपने मूल स्वभाव पर रहना ही धर्म है। स्वधर्म यानी स्व का स्वभाव। अपने धर्म को कभी मत छोडें इसका मतलब यह नहीं है कि कोई हिंदू है तो हिंदू ही रहे, कोई मुस्लिम है तो मुस्लिम ही रहे या कोई ईसाई है तो ईसाई ही रहे। हिंदू, मुसलमान, सिख, ईसाई ये तो केवल लेबल हैं जो हमारे समाज ने दिए हैं। हम तो अपना धर्म साथ ही लेकर आते हैं। जन्म के साथ ही हम अपना धर्म ले आते हैं, जिसे हम 'तेज धर्म' कहते हैं। यह ऐसा धर्म है जो कभी बँटता नहीं और यह सभी के लिए एक जैसा ही है। अपने 'तेज धर्म' पर स्थापित होने को ही 'सेल्फ रियलाइजेशन' कहा गया है। आज संप्रदाय को ही लोगों ने धर्म मान लिया है परंतु वास्तव में 'तेजआनंद' और 'तेज मौन' ही असली धर्म हैं। जो धर्मवान है वह अपने मूल स्वभाव से कर्म करेगा। जो धर्मात्मा है वह अपने आत्मदर्शन से निर्णय लेगा। धर्म, धारण करने की जरूरत है, धर्म बदलने की जरूरत नहीं है। धर्म पर अमल करने से अमन होगा, मन 'न मन' होगा।

१८. ***आत्मसाक्षात्कार के बाद इंसान को सारी दुनिया का ज्ञान हो जाएगा। वे दूसरों के विचार पढ़ सकेंगे। वे किसी से सुझाव नहीं लेंगे क्योंकि वे सब जानते हैं।***

जिस प्रकार मन किताबी ज्ञान पढ़कर याद करता है, वैसा ज्ञान आत्मसाक्षात्कारी लोगों को दुनिया के बारे में नहीं होता है, न ही दूसरों के विचारों को वे पढ़ने में रुचि रखते हैं। उनकी वाणी में कई बार भविष्य में होनेवाली बातें आ जाती हैं, जो सहजता से प्रकट होती हैं। बोलने के पहले उन्हें भी पता नहीं होता कि वे कुछ ऐसा कहने जा रहे हैं जो भविष्य में सत्य होगा। दूसरे लोग ऐसी बातें सुनकर समझ लेते हैं कि आत्मसाक्षात्कारी को भूत, वर्तमान, भविष्य सब पता है।

आत्मसाक्षात्कार प्राप्त करने के बाद वे आम इंसान की तरह किसी से सुझाव ले सकते हैं या दे भी सकते हैं। ऐसे इंसान पर किसी भी तरह की पाबंदी लगाना, उन पर किसी भी तरह का अनुमान लगाना मूर्खता ही होगी।

१९. ***आत्मसाक्षात्कार प्राप्त इंसान सैर सपाटे (Picnic) के लिए नहीं जाएँगे। फिल्म, टी.वी. नहीं देखेंगे। दाढ़ी नहीं बनाएँगे। उनका पहरावा बदल जाएगा। वे सिर्फ ज्ञान की ही बातें करेंगे।***

ज्ञान प्राप्त हो जाने के बाद भी उस इंसान की जिंदगी उसके माँ-बाप, बीवी, बच्चों, मित्रों के साथ जुड़ी हुई होती है। पहले के व्यवहार के हिसाब से सैर सपाटा, मनोरंजन इत्यादि के लिए शरीर जाता है तो वहाँ अंदर से ऐसा कोई नहीं कहता कि तुम्हें तो ज्ञान हो चुका है, तुम्हें ऐसा करना चाहिए या ऐसा नहीं करना चाहिए। हर क्रिया के साथ जो कर्त्ता भाव है, वह टूट जाता है। जैसे 'मैं टी.वी. देख रहा हूँ', या 'मैं टी.वी. नहीं देख रहा हूँ', दोनों बातों से उनके कर्त्ता भाव का नाता टूट जाता है। जो भी हो रहा है सब स्वीकार है मगर स्वीकार करनेवाला नहीं है।

उनकी जिंदगी में हास्य भी होगा, मौन भी होगा, आनंद भी होगा, आश्चर्य भी होगा। आम इंसान की तरह किसी साधारण विषय पर चर्चा भी करेगा और अंदर के ज्ञान की तरफ इशारा भी करेगा। बाजार में मोल-भाव भी करेगा और मन की तुलना पर भी बोलेगा। स्वादिष्ट भोजन हो या सूखा भोजन हो, दोनों को प्रसाद समझकर खाएगा। यह खाना खाऊँ, ऐसा न खाऊँ, ऐसी जिद वह नहीं करता। शरीर को ज्यादा समय तक निमित्त बनाने के लिए सारी खबरदारियाँ उस शरीर से रखी जाएँगी। लेकिन शरीर में अटकना बंद हो जाएगा। वे अगर फिल्म भी देखेंगे तो लोगों को यह बताएँगे कि बिना माया में अटके फिल्म कैसे देखनी चाहिए।

२०. ***आत्मसाक्षात्कार बिना ध्यान के नहीं हो सकता अथवा आत्मसाक्षात्कार बिना शरीर से विकार निकाले नहीं हो सकता।***

आत्मबोध का अर्थ है, अपने शरीर से चिपकाव छोड़कर अपने होने में स्थापित होना। शरीर तो एक आइना है। इस आइने की वजह से हमें अपना दर्शन होता है। इस आइने को साफ करना अच्छा तो है परंतु अनिवार्य शर्त नहीं है। यदि

इंसान में गहरी प्यास है, अकंप विश्वास है, सत्य के प्रति बेशर्त प्रेम है, अथक प्रयास करने का साहस है तो वह आत्मसाक्षात्कार, शरीर से सभी विकारों को निकाले बिना भी प्राप्त कर सकता है। हम यदि समझ से आइने से हटकर अपने आप पर आएँ तो जिंदगीभर आइने को साफ करते रहने की जरूरत भी नहीं है। अपने आप पर आ जाने से आइने की सफाई (विकारों की कटाई) अपने आप ही होने लगती है। इसलिए यदि सत्य सीधा सुनने, समझने की तैयारी है तो बिना ध्यान व शरीर के विकारों को दूर किए अपने आपको जाना जा सकता है, क्योंकि वह हमारा मूल स्वभाव है। अपना स्वभाव जानते ही मन के विकारों की तेजी से सफाई होने लगती है। जैसे ही कुछ विकार समाप्त होते हैं, वैसे ही अपने आप पर रहना और सहज होता जाता है। जैसे ही अपने आप पर रहना बढ़ता है, वैसे ही विकारों की कटाई और तेजी से होने लगती है। इस तरह बहुत जल्द ही मोक्ष प्राप्त होता है। कोई यदि बिना समझ प्राप्त किए केवल विकारों पर ही काम करता रहे तो वह एक सत्वगुणी इंसान तो जरूर बनेगा लेकिन आत्मसाक्षात्कार उसे कभी प्राप्त नहीं होगा।

२१. ***आत्मसाक्षात्कार के बाद इंसान किसी की परवाह नहीं करेगा। बिना डरे लोगों की गलतियाँ बताएगा। उनके बोलने में आग होगी। वे दूसरों को बुरा लगने का खयाल नहीं करेंगे। (शेर, साँप आदि से नहीं डरेंगे)***

आत्मसाक्षात्कार के बाद इंसान इस-इस तरह जीएगा या ऐसी बातें करेगा, यह सोचना मान्यताओं की वजह से है। ये मान्यताएँ कई सारे लोभी गुरुओं द्वारा दी गई हैं। आत्मसाक्षात्कार के पहले इंसान यदि करेला नहीं खाता था तो आत्मसाक्षात्कार के बाद करेला खाना शुरू कर देगा, ऐसा नहीं है। ज्ञान के पहले यदि इंसान नम्र प्रकृति का हो तो यह हो सकता है कि उसके मनोशरीर यंत्र का स्वभाव बाद में भी वैसा ही हो। वह यह समझ चुका है कि न वह नम्र है, न अहंकारी। वह अच्छा व्यक्ति नहीं है और न ही बुरा है। वह दोनों बातों से ऊपर उठ चुका है। शरीर जिस प्रकार भी व्यवहार करे, वह सिर्फ जाननेवाला रहता है। हाँ! यह हो सकता है कि वह यह जान लेने के बाद कि सारे काम ईश्वर के द्वारा हो रहे हैं, वह लोगों को भला, बुरा कहना छोड़ दे। अगर उनके मनोशरीर यंत्र का रोल (काम) दूसरों की गलतियाँ निकालना है तो वह जरूर निकालेगा। सभी ऐसा ही करेंगे, ऐसी मान्यताओं से बचें।

शेर, साँप आदि से बचना शरीर का प्राकृतिक कर्म है। आत्मसाक्षात्कार के बाद भी उसका शरीर प्राकृतिक नियमों का पालन करता रहेगा। भूख लगना, शरीर की सुरक्षा करना इत्यादि आवश्यक खबरदारियाँ हैं, जिनका पालन करना सहज मन का कार्य है। आत्मसाक्षात्कार के बाद सहज मन खुलकर काम करता है। उदाहरण गुरु नानक ने शादी भी की, यात्राएँ भी की, खेती भी की, उन्हें बच्चे भी हुए, वे एक तेज संसारी थे।

२२. *आत्मसाक्षात्कार प्राप्त इंसान शरीर का खयाल नहीं करेगा, कोई व्यापार नहीं करेगा। आत्मसाक्षात्कार कोई साधारण घटना नहीं है।*

स्वयं अनुभव होने के बाद वे यह करेंगे या वे यह नहीं करेंगे, ऐसा सोचना मान्यता है। वे करने व न करने से ऊपर उठ चुके हैं। उनकी आजीविका के लिए या उन पर निर्भर लोगों के लिए, यदि उनका वैसा रोल (काम) है तो वे जरूर काम करेंगे। वे जरूर शरीर को स्वस्थ रखेंगे। कुछ लोगों के द्वारा (रमण महर्षि, रामकृष्ण इत्यादि) यदि शरीर का खयाल नहीं रखा गया तो जरूरी नहीं कि सभी ऐसा करेंगे। प्रकृति नित नए ढंग से ज्ञान प्रकट करती है। अज्ञान की वजह से ही लोग चाहते हैं कि सभी लोग आत्मसाक्षात्कार के बाद एक जैसा व्यवहार करें। यह समझेंगे तो आपके लिए स्वयं अनुभव प्राप्त करना आसान लगेगा, वरना लोग इसे लगभग असंभव समझकर बैठे हैं। 'बुद्ध को आत्मसाक्षात्कार प्राप्त हो सकता है, मुझे नहीं', ऐसी मान्यता में लोग जीते हैं।

'महावीर जैसा शरीर मेरे पास नहीं है इसलिए मैं कैवल्य ज्ञान प्राप्त नहीं कर सकता, मीरा जैसी भक्ति मेरे पास नहीं है, वैसा हृदय मेरा नहीं है इसलिए मैं भक्त नहीं बन सकता।' इस तरह के विचार छोड़कर समझ का दामन पकड़ लें, फिर स्वयं अनुभव पाना कोई कठिन नहीं है।

२३. *आत्मसाक्षात्कारी के आते ही पक्षी, पेड़, पौधे, खिल उठते हैं।*

यह कहना प्रतीकों की भाषा है। कहने का मतलब यह है कि ऐसे ज्ञानी के संपर्क में आते ही इंसान समझ प्राप्त करता है और सारे डरों से मुक्ति प्राप्त करके सिकुड़कर जीवन जीना त्यागकर, खिल उठता है। इस तरह उसकी सारी गलत मान्यताएँ प्रकाश में आ जाती हैं, जिससे जिंदगी में तेज आनंद फलित होता है। इस बात को कुदरत की बातों से – पेड़, पक्षी, फूल के खिलने से दर्शाया गया

है। ऐसी भाषा भक्तों द्वारा लिखी जाती है कि 'बुद्ध के आगमन से सभी खिल उठते हैं।' वे एक कवि की कल्पना के आधार पर बुद्ध पुरुष का वर्णन करते हैं। यह बात भूल जाने की वजह से लोग ऐसे महापुरुषों को बाहर की बातों से तोलने लगते हैं। जैसे वेशभूषा, दाढ़ी, भाषा, नम्रता इत्यादि। इन बातों का फायदा उठाते हुए कई सारे लोभी गुरुओं ने खोजियों को नुकसान पहुँचाया है। वे ऐसा अभिनय करके आम जनता को मूर्ख बनाते हैं। सत्य जानकर मान्यताएँ प्रकाश में लाने का अब समय आया है।

आत्मसाक्षात्कार में समझ व श्रवण का महत्त्व :

जब भी साधक समझ के मार्ग पर चलता है तो उसे पहला सवाल यही आता है कि यह समझ क्या है? क्या सिर्फ सुनने से ही मोक्ष की प्राप्ति हो सकती है? क्या सत्संग में सिर्फ उपस्थित होने से ही वह अनुभव पाया जा सकता है, जिस अनुभव की तलाश में साधक अनेक मार्गों में उलझ जाते हैं?

इसी मार्ग पर चलते ही साधक 'मैं कौन हूँ?', 'मेरा होना क्या है?' इन प्रश्नों को सहज ही सिर्फ समझ से जान सकता है, अनुभव कर सकता है। आज तक बताए गए सभी मार्गों में जो सबसे श्रेष्ठ मार्ग है वह है 'समझ (अण्डरस्टैण्डिंग)' का मार्ग। क्योंकि अलग-अलग मार्गों पर चलते हुए जब तक साधक उनमें समझ नहीं जोड़ता तब तक वे मार्ग भी उसे उस परम् लक्ष्य तक नहीं पहुँचा सकते। इसलिए समझ का अध्यात्म में सबसे ज्यादा महत्त्व है। बिना समझ के जो भी साधक, किसी भी मार्ग से चलता हो, वह उस परम लक्ष्य तक नहीं जा सकता। अकेली 'समझ' अपने आपमें पूर्ण है। इस मार्ग में सबसे महत्वपूर्ण है सुनना, श्रवण करना इसलिए इसे कान मार्ग भी बताया गया है। इसलिए यह जरूरी है कि इंसान को सुनने की सही कला आनी चाहिए।

सही सुनने के साथ वह उन शब्दों को भी सुनेगा, जिन शब्दों (के पीछे जो कहा जा रहा है) की वजह से व्यक्ति अपने आप पर जाने लगे, पहचानने लगे। इसलिए शब्दों का ज्ञान कोई ज्ञान नहीं होता बल्कि शब्द उस मौन को व्यक्त कर सकते हैं। शब्द हमें मौन तक ही पहुँचाएँ, यही उसका लक्ष्य है। परंतु शब्दों का ज्ञान साधक को उलझा सकता है। इसलिए पहले शब्दों के द्वारा ही वह चीज व्यक्त की जाएगी क्योंकि हमारे पास इन शब्दों के अलावा और कोई तरीका नहीं

है। शब्द जहाँ से निकलते हैं, उस मौन से-उस मौन में स्थापित होना और शब्दों से मुक्त होना है। क्योंकि इन ज्ञान के शब्दों को लेकर ही लोग अपने आपमें बातें करते हैं कि उन्हें बड़ा ज्ञान हो गया है। उस अवस्था तक सभी साधक पहुँच जाएँ, यही समझ का परम लक्ष्य है और उसके लिए बहुत जरूरी है कि सही सुनना आ जाए। पहले तो सभी के मन में आता है कि यह सही सुनना क्या है, हम तो रोज सुनते हैं। *लेकिन यह वह सुनना नहीं है, जिसे सुनने से सिर भारी हो जाए, बल्कि जिसे सुनने से सिर से मुक्ति हो जाती है, वही सही सुनना है।* सिर से क्यों मुक्ति? क्योंकि इसी सिर में कई अनगिनत विचार आते रहते हैं और इन्हीं विचारों की वजह से ही हर व्यक्ति परेशान रहता है।

विचार भी दो तरह के होते हैं- नकारात्मक विचार और सकारात्मक विचार। सभी विचारों से पहले तो मुक्ति नहीं होती इसलिए पहले नकारात्मक विचार यानी Negative Thoughts को सकारात्मक किया जाता है। दिनभर में पता नहीं कितने नकारात्मक विचार चलते हैं। इन विचारों की वजह से इंसान का एक निगेटिव ढाँचा ही तैयार हो जाता है और उन नकारात्मक विचारों की वजह से उसे काफी परेशानियों का सामना करना पड़ता है। एक बार ढाँचा बनने पर उस इंसान को कितनी भी सकारात्मक बातें बताओ, उसमें से भी नकारात्मक निकल आएगा। एक बार नकारात्मक विचारों से मुक्ति हो गई तो फिर सकारात्मक विचारों से भी छुटकारा पाना है और यह खुद-ब-खुद 'समझ' से होता है।

इस मार्ग की यही सहजता है कि सिर्फ सुनने से ही विचारों से छुटकारा पाया जा सकता है। वरना तो साधक विचारों से छुटकारा पाने के लिए पूरी जिंदगी लगा रहता है, काफी कोशिश करता है, परंतु वह कभी सफल नहीं होता। इस मार्ग में तो सिर्फ सुनना और समझना है। विचारों से छुटकारा पाना यानी मन से छुटकारा पाना। मन यानी विचारों का पुलिंदा। मन यानी दो में तुलना, तोलना करनेवाला। तुलना का मतलब यह अच्छा, यह बुरा, हमेशा दो में तोलनेवाला मन। फिर सफेद और काली पूँछ लगानेवाला यह मन अपने आप ही समझ से गिर जाता है, निर्विचार का भी विचार करने लगता है।

इस ज्ञान से पहले जब कोई साधक आता है तो वह अपने विचारों को ही 'मैं' मान लेता है। हर एक विचार आने पर उसे वह चिपकाव (Identification) हो जाता है। विचारों से जुड़ने पर वह अच्छे और बुरे का लेबल लगाता है, इसे

समझ की भाषा में **कॉन्ट्रास्ट** मन (तोलू मन, अनुमन) कहते हैं। यह मन हर विचार पर अच्छा और बुरा, फायदा या नुकसान का लेबल लगाता है। जैसे ही यह मन हट जाता है यानी अब वह विचारों को देखनेवाला बन जाता है। अपने विचारों को देखते ही साधक जान सकता है कि मैं तो 'साक्षी' पर हूँ और मैं इन विचारों को सिर्फ देखनेवाला हूँ। अब वह विचारों को अपने सामने देख सकता है और जैसे ही वह विचारों को जाननेवाला बन गया, उसका पहले उन विचारों से फिर कल्पनाओं से छुटकारा हो जाता है। क्योंकि कल्पना भी मन का ही सबसे मजबूत हिस्सा है। कल्पना यानी ऐसा हो गया, वैसा हो गया, अब वैसा कब होगा? यानी व्यक्ति अपने बीते हुए कल को याद करके भविष्य की कल्पना कर बैठता है। कुछ अच्छी घटनाएँ उसकी जिंदगी में हो चुकी हैं, उसे याद करके वह कब फिर से भविष्य में होंगी, इसी फिक्र में जीता है या यह कहें कुछ बुरी घटनाएँ याद करके वह भविष्य का डर लिए घूमता है। इसी बोझ की वजह से हर व्यक्ति अपना 'आज' (वर्तमान) जी नहीं सकता। अभी इसी पल जो पल है उसे वह ठीक से जी नहीं सकता इसलिए अण्डरस्टैण्डिंग से सारी मान्यताएँ समझना है।

मान्यताओं से डर :

ऐसी कई कल्पनाएँ समझ में बाधा बन सकती हैं। जैसे कोई 'समझ' के बारे में सुनता है तो पहले उसके मन में डर पैदा होता है कि कहीं मेरी भक्ति तो छूट नहीं जाएगी? या कहीं मेरा ध्यान करना तो नहीं छूट जाएगा? या कहीं समझ मेरी भक्ति या ध्यान में बाधा तो नहीं बनेगी? तब उस इंसान को समझाया जाता है कि आज तक आप भक्ति या ध्यान करते आए या किसी गुरु के मंत्र का जाप करते आए, उसी का तो यह फल आया है कि आपको समझ का मार्ग मिल रहा है। उसी की वजह से तो ही आज 'समझ' का फल आ रहा है।

मान्यताओं की पीड़ा :

झूठी कल्पनाओं व मान्यताओं की वजह से व्यक्ति सब कुछ होते हुए भी हमेशा दुःखी रहता है। उसके मन में हमेशा अपने बीते हुए कल की याद रहती है। उन दुःखद घटनाओं की कल्पना की वजह से वह वर्तमान के क्षण जी नहीं सकता। भविष्य का बोझ उसके सिर पर रहता है। अतीत में हुई गलतियों का अपराध बोध लेकर वह जीता है। अपने आपको मुजरिम मानकर कई बीमारियों की चपेट

में आ जाता है।

नकली आनंद (सेकेण्ड हैन्ड हॅपीनेस) :

इस कहानी द्वारा हमें यह समझ में आता है कि हम भी अपने वर्तमान का आनंद नष्ट कर देते हैं। अपनी कल्पनाओं की वजह से हम खुशी का यह क्षण पूरी तरह से कभी भी जी नहीं सकते। इस संसार में जो असली आनंद है वह खो गया है। हम सभी नकली आनंद की तलाश में रहते हैं। बाहर का जो आनंद है उसी की तलाश में रहते हैं क्योंकि मन बाहर की दुनिया में ही लगा रहता है। हम पूरे दिन में अपनी इंद्रियों द्वारा, बाहर की दुनिया का नकली आनंद लेने के प्रयास में रहते हैं। कोई किसी को सताता है, किसी को रुलाता है, इसी में ही कुछ लोगों को आनंद आता है।

बाहर के आनंद जितने भी हैं, वे सभी किसी न किसी वजह से होते हैं। जैसे किसी को बच्चा न हो और उसे एक दिन बच्चा हो जाए वह (temporary) अस्थायी आनंद है, कुछ ही दिनों का आनंद है। किसी को नौकरी मिल जाए, किसी का कमर दर्द ठीक हो जाए, ऐसे आनंद कुछ ही देर के होते हैं। ऐसे छोटे-छोटे आनंद कारणों की वजह से होते हैं। जैसे बाहर की वस्तुएँ अचानक मिल जाती हैं और उनके मिलने से जो आनंद होता है, वह कुछ ही देर का होता है। इसे सेकेण्ड हैन्ड हैपीनेस कहना चाहिए। 'तेज आनंद' है वह, जो अंदर से मिले, हमेशा रहे।

तेज आनंद हैं मान्यताओं की मृत्यु :

कुछ लोग भविष्य से मिलनेवाली खुशी चाहते हैं क्योंकि उनकी मान्यता के अनुसार जो भी इच्छाएँ हैं, वे सभी भविष्य में पूरी होती हैं। तो वे सब जो उनकी भविष्य की कल्पनाएँ हैं, उन्हें लेकर ही वे खुश होना चाहते हैं। लेकिन एक ऐसा आनंद है जिसे हम 'तेज आनंद' कहते हैं। जो किसी वजह से नहीं होता बल्कि अपने होने की वजह से ही होता है और यह 'तेज आनंद' ऐसा आनंद है, जो दो के परे है।

इस तेज आनंद के मिलने के बाद इंसान किसी बाहरी वस्तुओं पर निर्भर नहीं होता। वह जब भी आनंद चाहता है, अपने अंदर जाकर उसे पा सकता है। यह

ऐसा तेज आनंद है जो समय के साथ बढ़ता ही है! यह आनंद हमेशा वर्तमान में रहता है। हर पल होते हुए भी हम इसका स्वाद नहीं ले पाते क्योंकि मन हमेशा भविष्य की कल्पना करता है और भविष्य में ही वह आनंद चाहता है।

यह 'तेज आनंद' अपने होने की वजह से होता है, जो हर इंसान के साथ है। यह तेज आनंद हमें भी मिल सकता है, सिर्फ समझ होनी चाहिए। समझ से जब सुनना होता है तो हमें यह आनंद खुद-ब-खुद मिलने लगता है। क्योंकि समझ से एक बार हमारा होना क्या है यह समझ में आ जाए तो वह तेज आनंद दिन-ब-दिन बढ़ता ही जाता है।

सिर्फ कल्पनाओं और मान्यताओं की वजह से हम उस तेज आनंद से वंचित रहते हैं। मगर जैसे-जैसे इंसान 'समझ' को समझते जाएगा वैसे-वैसे वह सहज ही उस अवस्था तक पहुँच जाएगा, जहाँ से वह असली आनंद का स्वाद ले सके। जैसे-जैसे इंसान सुनते जाएगा, वह अपनी कल्पनाओं से बाहर होता जाएगा और इसके लिए कुछ करना नहीं है। ऐसा नहीं है कि सुबह चार बजे उठकर कुछ साँस की कसरत करनी है या उसके लिए अलग समय निकालकर कष्ट करना है। सिर्फ उस सत्य को सुनकर ही वह आनंद मिल सकता है, जो हम सभी में अभी और आज भी (Here & Now) उपलब्ध है।

हम सभी बाहर की मान्यताओं में इतना उलझ गए हैं कि आज कोई उस सत्य की या उस सच्चिदानंद की बातें करता है तो हम उसे ठीक तरह से सुन भी नहीं पाते। आज हमारे अंदर वह परम आनंद होते हुए भी उसका स्वाद हम ले नहीं पाते। कुछ मान्यताओं की वजह से हम वह सत्य ठीक तरह से सुन नहीं पाते। जब भी कोई सत्य की बातें करता है, हम उसे अपनी मान्यता से ही सुनते हैं, ऐसी मान्यता जो हमें धर्म के ठेकेदारों और सामाजिक व्यवस्थाओं से मिली है। तेज आनंद का पता चलते ही ये मान्यताएँ जड़ से उखड़ जाएँगी और आत्मसाक्षात्कार प्राप्त होगा।

९

गुरु की मान्यताएँ
क्या गुरु पानी पर चलें
क्या गुरु आकाश में उड़ें
क्या गुरु चंदन, माला, भभूत लगाएँ

अपनी गीता अपने
गुरु से जान लें,
अपने दुःखों, अपनी
मान्यताओं की तेज
दवा
पहचान लें।

गुरु के बारे में दस मुख्य मान्यताएँ :

यदि आपके अंदर गुरु द्वारा वह चैतन्य जाग्रत होना चाहता है, जो हम सबके अंदर है तो अपने आपसे यह जरूर पूछें कि कहीं आपकी समझ में गुरु के प्रति ऐसी मान्यताएँ तो नहीं हैं, जैसे कि

१) सिर मुण्डन या लंबी जटाओंवाला

२) माथे पर चंदन, गुलाल, सिंदूर का टीका

३) घनी लंबी दाढ़ी

४) लकड़ी की पादुका

५) हाथों में माला

६) विशेष रंग का पहनावा, वेशभूषा

७) विशेष शब्दावली, भाषा

८) चमत्कारी भभूति, तावीज देनेवाला

९) सिर पर शिखा (चोटी)

१०) जो हमें राहत दे, कर्मकाण्ड दे, काम शुरू करने की विशेष तारीख बताए, हमारे संसारी काम पूरे करने में मदद करे। क्या हमारी समझ ने ऐसे ही गुरु की कल्पना की है ?

सत्य की तलाश करनेवाले कई लोगों ने संन्यास जीवन धारण किया। साधु संन्यासी बनकर वे एक जगह से दूसरी जगह भ्रमण करने लगे। बुद्ध के भिक्षु, महावीर के साधु, आदि शंकराचार्य के संन्यासी लंबे समय तक प्रसिद्ध रहे। पुराने ऋषियों ने जंगल में आश्रम बनाकर सात्विक गृहस्थ जीवन जीया। उन्होंने एक ही रंग के कपड़े पहने, दाढ़ी-बाल कटवाने की व्यवस्था न होने के कारण प्राकृतिक जीवन जीया। इन्हीं लोगों द्वारा जब जनता को ज्ञान दिया गया तब गुरु की यह मान्यता प्रसिद्ध हुई कि वह इस-इस तरह की वेशभूषा रखनेवाला होना चाहिए। सच्चे गुरुओं के अलावा कई सारे राहत गुरु भी प्रसिद्ध हुए। इन लोगों का काम था चिंताग्रस्त संसारियों को राहत देना। ऐसी राहत वे भभूत देकर, तावीज देकर अथवा कोई कर्मकाण्ड देकर दिया करते थे। इन चीजों के साथ विश्वास का होना अति आवश्यक है। विश्वास जगाने के लिए इन लोगों ने गुरुओं का वह चोला पहन लिया जो पहले से ही प्रसिद्ध हो चुका था। ये सब बातें देखकर आज सच्चे गुरु की पहचान खो गई है। लोग यही मानकर गुरु की तलाश करते हैं कि वह ऊपरी दस मान्यताओं में कहाँ खरा उतरता है।

अगर आप ऐसी मान्यताओं में हैं तो आप सही गुरु की तलाश में नहीं हैं। बेहतर होगा यदि आप ऐसी मान्यताओं से जल्द से जल्द मुक्त हो जाएँ।

बाहरी चमत्कारों से गुरु की पहचान नहीं होती। गुरु अगर पानी पर चल सके, ऐसी आपकी चाहत है तो बतख को अपना गुरु बनाना चाहिए। गुरु अगर आकाश में उड़ पाए, ऐसी आपकी चाहत है तो कौए को अपना गुरु बनाना चाहिए। यदि कपड़ों का त्याग करने से कोई गुरु बन सकता है तो सबसे पहले बंदर ही गुरु बनेंगे।

इंसान के मन में यह भी डर व अनुमान होता है कि कहीं मेरे पहले गुरुजी नाराज तो नहीं हो जाएँगे। जब वह इस समझ के मार्ग पर चलता है तो उसे बताया जाता है कि आज तक जितने भी गुरु हुए हैं, वे सब एक ही हैं। आज जितने भी गुरुओं की परंपरा चलते आ रही हैं, वे सिर्फ अलग-अलग ढंग से उसी सत्य की बातें करते हैं। पहले गुरु की कृपा हो गई तभी तो वह खोजी 'समझ' के मार्ग पर चल सकता है। उसी गुरु ने ही 'समझ' का ज्ञान पाने के लिए आगे के मार्ग पर भेज दिया है। परंतु खोजी गुरु का अर्थ न समझने की वजह से यह मान्यता रख लेता है कि हमारे तो एक ही गुरु हैं और हम अपने पहले गुरु को कैसे छोड़ सकते हैं। तब उसे इस समझ मार्ग में समझाया जाता है कि वह उसकी मान्यता है। हजार गुरु (शरीर) होते हुए भी हकीकत में तो एक ही गुरु हैं। बाहर का गुरु मिलता है अंदर के गुरु को जगाने के लिए। सिर्फ शरीरों की वजह से हमें कई गुरु दिखाई देते हैं। परंतु असलियत में तो सबके अंदर एक ही गुरु हैं जो वह सत्य बाँट सकता है। शरीर तो केवल एक निमित्त है, जिसके द्वारा वह ज्ञान बाँटा जाता है।

जो मान्यताएँ हटाए वह हैं 'तेज मित्र' (गुरु) :

अनेक सदियों से खोजी आत्मसाक्षात्कार की खोज करते चले आ रहे हैं। इस मार्ग में जब वह शुरुआत करता है तो उसकी कई मान्यताएँ सामने आती हैं। परंतु वह स्वयं तो उन मान्यताओं को कभी पकड़ नहीं पाता, जब तक उसे इस मार्ग पर राह दिखानेवाला कोई ऐसा इंसान नहीं मिल जाता, जिसे हम 'तेज पारखी' या 'तेज मित्र' (गुरु) कहते हैं। 'तेज मित्र' यानी ऐसा इंसान जो मित्र और शत्रु से परे है। जब भी हम कोई मित्र बनाते हैं तो वह वक्त आने पर कभी शत्रु भी बन सकता है। इसलिए हमें ऐसा मित्र चाहिए जो जीवन में गहरी मान्यताओं का बोध कराए, सही दिशा दिखाकर हमें 'तेज सत्य' की ओर ले जाए।

संत कबीर ने गुरु की महिमा गाते हुए कहा है :

गुरु और गोविंद दोनों एक ही हैं केवल नाम का अंतर है। गुरु का शारीरिक रूप चाहे जैसा हो किंतु अंदर से गुरु और गोविंद में कोई अंतर नहीं है। मन से अहंकार की भावना का त्याग करके सरल और सहज होकर आत्म ध्यान करने से सद्गुरु का दर्शन प्राप्त होगा। जिससे प्राणी का कल्याण होगा। जब तक मन में मैल रूपी 'मैं और तू' की भावना रहेगी तब तक दर्शन नहीं प्राप्त हो सकता।

हे सांसारिक प्राणियो, बिना गुरु के ज्ञान का मिलना असंभव है। तब तक मनुष्य अज्ञान रूपी अंधकार में भटकता हुआ माया रूपी सांसारिक बंधनों में जकड़ा रहता है, जब तक कि गुरु की कृपा नहीं प्राप्त होती। मोक्ष रूपी मार्ग दिखलानेवाले गुरु है। बिना गुरु के सत्य और असत्य का ज्ञान नहीं होता। उचित और अनुचित के भेद का ज्ञान नहीं होता फिर मोक्ष कैसे प्राप्त होगा? अतः गुरु की शरण में जाओ। गुरु ही सच्ची राह दिखाएँगे।

जो मनुष्य गुरु को सामान्य प्राणी (मनुष्य) समझते हैं, उनसे बड़ा मूर्ख जगत् में अन्य कोई नहीं है, वह आँखों के होते हुए भी अंधे के समान हैं तथा जन्म-मरण के भव-बंधन से मुक्त नहीं हो पाता।

हे मानव, गुरु और गोविंद (भगवान) को एक समान जानें। गुरु ने जो ज्ञान का उपदेश किया है, उसका मनन करें और उसी क्षेत्र में रहें। जब भी गुरु का दर्शन हो अथवा न हो तो सदैव उनका ध्यान करें, जिसने तुम्हें गोविंद दर्शन करने का सुगम (सुविधाजनक) मार्ग बताया।

ईश्वर की हर मूर्ति आपके लिए रोल मॉडल यानी आदर्श है। जैसे कुछ लोगों को आप अपने जीवन का रोल मॉडल यानी आदर्श बताते हैं क्योंकि आप उनके जैसा जीवन जीना चाहते हैं। कोई श्रीराम के चरित्र को अपना आदर्श मानता है। श्रीराम का चरित्र ही बताता है कि कैसा भाई होना चाहिए... कैसा बेटा होना चाहिए... कैसा पति होना चाहिए... कैसा राजा होना चाहिए... कैसा शिष्य होना चाहिए...। वे मर्यादा पुरुषोत्तम थे, मर्यादा में रहकर हर काम करते थे इसलिए उनका चरित्र आदर्श है। इस प्रकार आप किसी भी मूर्ति को अपने जीवन की आदर्श मशाल बनाकर उससे फायदा ले सकते हैं। फिर आप उस ईश्वर के गुण अपने आपमें आत्मसात कर सकते हैं, आप भी वैसा बन सकते हैं।

मीरा ने सत्य जाना	– कृष्ण की मूर्ति साथ रखी
नानक ने सत्य जाना	– निराकार को पूजा
रामकृष्ण ने सत्य जाना	– माता की मूर्ति को पूजा
बुद्ध ने सत्य जाना	– ध्यान व शून्य का गुणगान किया।
आप भी सत्य जानें	– फिर होने दें जो हो, मूर्तिपूजा हो या न हो।

१०

आध्यात्मिक जीवन की बच्चों से संबंधित मान्यताएँ जो बच्चे हैं वे बच जाते हैं जो कट्टर हैं, वे डूब जाते हैं

आपके बच्चे आपके द्वारा इस दुनिया में आए हैं, न कि आपसे आए हैं।
अपने बच्चों को अपने अनुभवों की बैसाखी मत दें, उन्हें जीवन का ज्ञान दें।
उन्हें खुद वह अनुभव लेने के लिए समय व क्षेत्र दें।
उन्हें वस्तु मत समझें बल्कि एक जीवंत चैतन्य समझें, जो हर एक के अंदर है, जिसे हम ईश्वर कहते हैं।

जन्म लेते ही बालक को नर्क दिया जाता है, विशेषतः भारत में। यह नर्क है-धर्म, जाति, नाम, लिंग, वर्ण इत्यादि का। यह मुहर (लेबल) उसे जन्म दिवस के रूप में, उपहार (भेंट) स्वरूप मिलता है। बचपन से उसे एक मर्यादित (limited) जीवन दिया जाता है। जिसमें उपरोक्त बताए गए कई तरह की मुहर (ठप्पे) से उसके जीवन की शुरुआत होती है। उसका हिंदू, मुसलमान, सिख, ईसाई या पारसी होना केवल किसी घर में जन्म लेने मात्र से निश्चित होता है, जिसके लिए उसे कुछ करने की जरूरत नहीं पड़ती।

१. बच्चा दो आँखों से देखता है।

जब बच्चा इस संसार में पैदा होता है तब वह किसी भी मान्यता या लेबल के साथ नहीं आता। बच्चा तो अपने आपको शरीर भी नहीं मानता। हर बच्चा एक सीमित उम्र तक अपने

आपको शरीर से अलग ही मानता है। जब भी हम बच्चे को देखते हैं तो हम अपनी ही मान्यताओं के साथ देखते हैं। हम यही मानते हैं कि बच्चा दो आँख से देखता है परंतु यह हमारा भ्रम है, वह कभी दो आँखों से नहीं देखता, वह हमेशा एक ही आँख से देखता है। इसका प्रत्यक्ष दर्शन महाआसमानी शिविर में आकर खोजी को मिलता है। दो आँखों के पीछे से हम कहाँ से देखते हैं? वह स्थान कहाँ है? बच्चा उसी स्थान से देखता है।

२. *बच्चा अपने आपको शरीर समझता है।*

जब भी बच्चा अपने घरवालों के साथ खाना खाने बैठता है तब वह यह नहीं कहता कि '**मुझे खाना दो**' वह हमेशा यही कहता है कि इस 'राजू' को या 'बंटी' को जो भी उसका नाम है, उसे इशारा करके कहता है कि '**इसे भी खाना दो**'। इसका मतलब वह अपने आपको बहुत सहज ही शरीर से अलग मानता है। जैसे-जैसे वह बड़ा होते जाता है उसे फिर एक बड़ा लेबल दिया जाता है वह है उसका '**नाम**'। जैसे ही लोग उसे उसके नाम से पुकारते हैं, वह समझ जाता है कि वह उसे ही बुला रहे हैं।

३. *बच्चा हिंदू, मुसलमान, सिख अथवा ईसाई होता है।*

बच्चे के नाम के साथ कई तरह की दूसरी मान्यताएँ भी जुड़ जाती हैं। जैसे वह किस मज़हब या धर्म का है। हिंदू, मुसलमान, सिख या ईसाई है। पहले तो सबको एक ही मानता है और सबसे एक जैसा ही व्यवहार करता है। परंतु जैसे ही वह बड़ा होने लगता है अपने लोगों को वह अच्छी तरह पहचानने लगता है। अपने-पराए का भेद भी वह जानने लगता है। हिंदू बच्चा यदि बचपन से ही मुसलमान घर में पले तो वह अपने आपको मुसलमान ही मान लेगा।

४. *बच्चा पिताजी को पिताजी करके पहचानता है।*

जब बच्चा इस संसार में आता है तब उसका 'मन' बिलकुल नहीं होता। वह तीन साल की उम्र तक बड़े ही सहज ढंग से जीवन व्यतीत करता है। जैसे ही वह मानने लगता है कि यह शरीर मेरा है, तब से उसे यह भी बोध हो जाता है कि ये मेरे माँ-बाप हैं, भाई-बहन हैं, कई तरह के लोगों को वह अपना मानने लगता है। बचपन से यदि उसे पिताजी से अलग रखा जाए तो बड़े होकर वह

उसे नहीं पहचान सकता, जब तक कोई उसे बताए नहीं।

५. *बच्चा अच्छे-बुरे का भेद करता है।*

शरीर की इंद्रियों द्वारा बच्चा इस संसार को जानना शुरू करता है। जैसे ही वह स्कूल जाता है उसे कई तरह की चीजों का सामना करना पड़ता है। स्कूल में उसे बहुत कुछ सिखाया जाता है, जिससे वह अपने आपको एक अलग व्यक्तित्व जानने लगता है। अच्छे-बुरे की पहचान उसे माँ-बाप द्वारा या शिक्षकों द्वारा दिलाई जाती है। उसका मन धीरे-धीरे विकसित होता जाता है और उसका मन पूरी तरह मान्यताओं से भर जाता है। उसे यह भी लगने लगता है कि यह चीज मेरी है, यह चीज दूसरे की है, जिससे वह भेदभाव भी करने लगता है। जब तक वह छोटा है तब तक उसके लिए कोई भेद नहीं रहता, वह सभी क्रियाएँ सहजता से करता है।

६. *बच्चा अपने आपको कर्ता मानता है।*

बच्चा जैसे-जैसे बड़ा होते जाता है वैसे-वैसे उसे यह पक्का होता जाता है कि वह इस दुनिया में जो भी करता है वह ही उसका कर्ता है, उसका कर्ताभाव पक्का होते जाता है। उसे यह खबर मिल जाती है कि किस ढंग से काम करना चाहिए और हर ढंग में लोग उसकी प्रशंसा या तिरस्कार करने लगते हैं, तो वह लोगों की प्रशंसा चाहने की वजह से कपट भी शुरू कर देता है। झूठ और कपट के सहारे वह संसार में आगे बढ़ने लगता है। जब तक उसमें तोलू मन नहीं बनता तब तक वह अकर्ता का जीवन ही जीता है।

७. *बच्चे में अहंकार या अपराध भाव होता है।*

जैसे ही वह आगे बढ़ता है तो वह कई लोगों के साथ मिलता है और उन लोगों को देखकर उसके मन में भी कई चीजों की इच्छा होने लगती है। वह कई तरह की कामनाएँ करना शुरू कर देता है। उन इच्छाओं में कुछ उसकी इच्छाएँ पूरी होती हैं, कुछ नहीं होती। अपनी इच्छाओं की पूर्ति में वह बुरी तरह से फँसता चला जाता है। उसे कभी सपने में भी नहीं आता कि वह मान्यताओं के चक्कर में फँसा जा रहा है। संसार में रहते उसे सिखाया जाता है कि ऐसा होना अच्छा, वैसा होना बुरा और वह इन सबका कर्ता अपने आपको मानकर सुख और दुःख

में फँसता जाता है। कुछ अच्छा करने की वजह से उसका अहंकार बढ़ता है और बुरा होने की वजह से वह अपराध भाव अनुभव करने लगता है। मगर जब वह बच्चा था तब वह निर्मल था। अहंकार और अपराध बोध का उसे कोई पता नहीं था।

८. *बच्चा दुःख से भागना चाहता है।*

सुख और दुःख की भी परिभाषा वह खूब अच्छी तरह सीख जाता है। वह अपने आपको हमेशा सुख में रखना चाहता है और दुःख से वह हमेशा भागना चाहता है। लोगों को जब वह देखता है तो उसमें भी उनके जैसा बनने की इच्छा जाग जाती है। अमीर लोगों को देखते ही उसे भी लगता है कि मैं भी उन जैसा ही अमीर बनूँ, परंतु जैसे ही वह बढ़ता है तो वह दो के भँवर में फँसता चला जाता है। दुःख और सुख, मान-अपमान, ठंढा-गरम, सफल-असफल इत्यादि। छोटी उम्र में वह इन दो अतियों (छोर) से मुक्त था, न वह सुख के पीछे भागता था, न दुःख से दूर भागता था।

९. *बच्चा जो बड़ा हो रहा है, उसके मन में सवाल नहीं उठते ।*

थोड़ी उम्र बड़ी होने पर उसके मन में कई तरह के प्रश्नों का जन्म होता है। जैसे कि यह दुनिया किसने बनाई? या कौन चला रहा है इस सृष्टि को? मैं कौन हूँ? कहीं यह सपना तो नहीं चल रहा है? ये प्रश्न जब वह अपने माँ-बाप से या गुरुजनों से करता है तो उसे यही उत्तर मिलता है कि बड़ा होने पर वह जान जाएगा। परंतु सच तो यह है कि जो उन्हें उत्तर देते हैं, उन्हें भी इन प्रश्नों का उत्तर नहीं मालूम होता। मंदिर में भी जाते वक्त वह पूछता है कि 'यह मूर्ति क्या है? कौन है यह भगवान?' उसे भी मान्यताओं भरा उत्तर देकर चुप करा देते हैं। आगे चलकर वह प्रश्न भी पूछना बंद कर देता है।

११

पुस्तक पढ़ने के बाद मान्यताओं के चश्मे उतारें

तेजज्ञान की तीली से सारी मान्यताएँ एक साथ जलाई जा सकती हैं और आज़ादी पाई जा सकती है।

चार अलग-अलग लोगों ने एक छोटे बच्चे को देखा। सभी ने उस बच्चे को देखकर अलग-अलग शब्द कहे। पहले इंसान ने कहा, 'बच्चा, बहुत सुंदर है।' दूसरे इंसान ने कहा, 'नहीं, बच्चा कोमल व नाजुक है।' तीसरा बोला, 'बच्चा भयानक है।' तब चौथे ने अपनी धारणा बताई, 'बच्चा साधारण है।' चारों जवाब सुनकर आपके मन में किस तरह के बच्चे की कल्पना बनी? **कौन सही था?** सभी गलत हैं क्योंकि पहला इंसान उसकी माँ थी इसलिए उसे बच्चा सबसे सुंदर दिखा। दूसरा इंसान डॉक्टर था इसलिए त्वचा की कोमलता को देखकर उसने अपनी राय प्रकट की। तीसरा इंसान दूसरे देश का था और बच्चा नीग्रो था तो उसे बच्चा कुरूप लगा। चौथा एक अपरिचित इंसान था इसलिए बाकी बच्चों की तरह वह उसे साधारण बच्चा लगा।

सभी ने अपनी मान्यता के चश्मे से देखा मगर हम मान्यताओं के चश्मे उतारें, सत्य देखना सीखें।

इस पुस्तक का लक्ष्य भी यही है। अगर आपने पूरी पुस्तक पढ़ ली है, तो यह बात आप समझ चुके होंगे कि कर्मकाण्डों, पैसों, प्रार्थना, ईश्वर, गुरु, जीवन, सफलता तथा आत्मसाक्षात्कार के बारे में जो अज्ञान व धोखा लोगों को दिया गया है वह अर्थहीन है। ऐसी अर्थहीन बातें जब आपने पढ़ी होंगी या सुनी होंगी तब आपको लगा होगा कि इस जन्म में तो मुझे आत्मसाक्षात्कार हो ही नहीं सकता। यदि होगा तो उसके लिए मुझे दिन-रात का चैन गँवाकर जप, तप करना होगा, संसार त्यागकर संन्यासी बनना होगा वगैरह-वगैरह। कई लोग ऐसी बातें पढ़कर, सुनकर यह सपने में भी नहीं सोचते कि उन्हें सत्य, स्वअनुभव, आत्मसाक्षात्कार (सेल्फ रियलाइजेशन) प्राप्त हो सकता है।

इस पुस्तक ने यदि आपके अंदर यह प्यास जगा दी है कि हमें भी वह ज्ञान मिले जो बुद्ध, नानक, तुकाराम, मीरा, ज्ञानेश्वर, रमण महर्षि आदि को मिला था तो हमारा लक्ष्य पूरा हुआ। इस पुस्तक से यदि आप मान्यताओं के प्रति जागने लगे हैं तो यह पुस्तक गीता, बाइबिल व कुरान का काम करने लगी है। क्योंकि मान्यताओं को हटाकर देखेंगे तो पता चलेगा कि हम सब एक हैं। ईश्वर, अल्लाह ही चारों तरफ है। हमारे अंदर ईश्वर नहीं है बल्कि हम ईश्वर, अल्लाह के अंदर हैं, वैसे ही जैसे मछली सागर के अंदर रहती है। ईश्वर ही इंसान बना और यह सारा खेल चल रहा है। ये सारी बातें सिर्फ बुद्धि से नहीं जाननी हैं बल्कि अनुभव करनी हैं। इस अनुभव को कहा गया है '**तेजज्ञानानुभव**' वह अनुभव जो शरीर पर नहीं होता, शरीर के होने की वजह से होता है। वह अनुभव जहाँ न समय है, न स्थान (स्पेस) है। जहाँ न अंत है, न शुरुआत है। जहाँ न शोर है, न शांति है, न अहंकार है, न ही नम्रता है बल्कि दोनों से मुक्ति है। सिर्फ अहंकार से मुक्त होना नहीं है, नम्रता से भी मुक्त होना है। यही है **तेजज्ञान, अण्डरस्टैण्डिंग, तेज सत्य, तेज आनंद, तेजम्** जो हमारे अंदर है।

पुस्तक पढ़ने के बाद अब आप क्या करेंगे :

- 'नमक हाथ में लेने से झगड़े होंगे', यदि आपसे ऐसा कोई कहे तो क्या आप डर जाएँगे?

- 'सूर्य ग्रहण के वक्त राहु, केतु, सूरज को निगल जाएँगे', ऐसी बातों को आप कैसे सुनेंगे?

- 'ज्यादा हँसोगे तो रोना पड़ेगा' ऐसा लेक्चर कोई दे तो क्या उसका असर आप पर होगा?

- यदि कोई कहे कि 'सुबह उल्लू देखा तो अशुभ होगा', 'दो पक्षी साथ देखे तो शुभ होगा' तो आप सुबह पक्षियों को देखेंगे कि नहीं देखेंगे?

- जब कोई आपको डराए कि 'यदि अमुक दिन खट्टा खाओगे' या 'इस दिन नाखून काटे या बाल कटवाए तो फलाँ भगवान नाराज होगा' तो क्या आप डर जाएँगे? (ईश्वर के प्रति आदर हो, डर नहीं)।

- हाथ में खुजली होने पर आप क्या सोचेंगे? नए कपड़े फलाँ दिन नहीं पहनने चाहिए और आपकी इंटरव्यू हो तो क्या करेंगे?

- कौआ चिल्लाए या कुत्ता रोए तो क्या आप दुःख के आँसू रोएँगे? चपाती फूलकर गोलगप्पा हो जाए तो क्या आपको भूख लगेगी? शरीर पर कपड़े टाँकना आप बंद करेंगे, यह सोचकर कि 'सूई चुभ सकती है' या यह सोचकर कि 'यह अशुभ है'?

- क्या आँख फड़कते ही आपका दिल धड़केगा? क्या छींक आते ही आप अपशकुन सोचेंगे? या आपके विचार फिर भी सकारात्मक ही रहेंगे?

- क्या यह मानेंगे कि पुस्तक खोलकर रखने से विद्या चली जाएगी? क्या वाकई ऐसा होता है या बनानेवालों ने कुछ और सोचकर यह मान्यता बनाई? बच्चों को अच्छे संस्कार डालने के लिए, पुस्तकों को सही ढंग से रखने के लिए, उसका आदर करने के लिए यह मान्यता दी गई।

इस तरह हमारी अपनी मान्यताएँ हैं। विदेश में रहनेवालों की अपनी मान्यता है। रास्ते पर भटकनेवालों (बंजारों) की अपनी मान्यताएँ होती हैं। जो इंसान मान्यताओं से मुक्त होना चाहता है, उसे सभी मान्यताओं को हेलिकॉप्टर (तेजज्ञान) के दृष्टिकोण से देखना सीखना चाहिए।

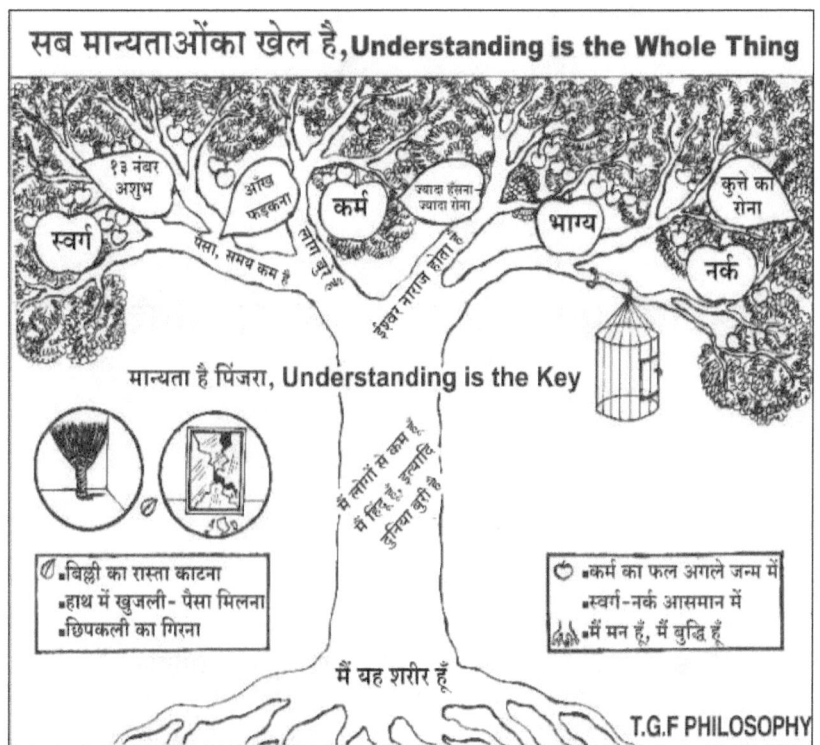

१) **ऊपरी मान्यताएँ (पेड़ के पत्ते) :** बिल्ली का रास्ता काटना, छिपकली का गिरना, आइने का टूटना, आँख फड़कना इत्यादि अशुभ होता है।

२) **ऊपरी लेकिन गहरी मान्यताएँ (पेड़ के फल) :** स्वर्ग–नर्क आसमान में होते हैं, कर्म का फल इस जन्म में नहीं, अगले जन्म में मिलेगा इत्यादि।

३) **गहरी मान्यताएँ (पेड़ की टहनियाँ) :** ईश्वर नाराज होता है, लोग बुरे होते हैं, पैसा, समय कम है इत्यादि।

४) **अति गहरी मान्यता (पेड़ का तन्ना) :** मैं हिंदू हूँ, मुसलमान हूँ, सिख, ईसाई, स्त्री, पुरुष, काला, गोरा इत्यादि हूँ।

५) **मूल मान्यता (पेड़ की जड़) :** मैं शरीर हूँ, मैं मन, बुद्धि हूँ।

ये सारी मान्यताएँ पिंजरा हैं, जिनसे बाहर आना जरूरी है, उसके बाद ही इंसान असली खुशी प्राप्त कर सकता है। समझ (अणडरस्टैण्डिंग) इस पिंजरे के ताले की चाभी है।

१२

तेजज्ञान फाउण्डेशन, मान्यता मुक्ति केंद्र

मान्यताओं से मुक्ति की राह पर आप कहाँ पर हैं?

आध्यात्मिक दिशा सूचक मार्गदर्शक :

बायाँ हिस्सा
दायाँ हिस्सा

1.G.K. : जानकारी और सूचनाएँ-जनरल नॉलेज

2.K.G. : प्रारंभिक आध्यात्मिक ज्ञान-के.जी.

3.M.A. : माध्यमिक आध्यात्मिक ज्ञान-महाआसमानी

4.S.S. : समझ संग/सत्य समझ

ऊपर जो नक्शा (चित्र), आज की भाषा में दिया गया है, वह हमारी आज की आध्यात्मिक स्थिति बताता है। यह नक्शा 'आध्यात्मिक दिशा सूचक मार्गदर्शक' है। इस वक्त हम इस नक्शे के किस हिस्से में हैं, यह जान लें। इस नक्शे के चार खाने और दो भाग हैं। आप यदि नक्शे के बाएँ भाग में हैं (१ या २ खाने में) तो जल्द-से-जल्द नक्शे के दाएँ भाग (३ या ४ खाने) में आ जाएँ। नक्शे के बाएँ भाग में दो खाने हैं।

पहला खाना है – सामान्य ज्ञान (जी.के.- जनरल नॉलेज) का। इस खाने में रहनेवाला इंसान जानकारी इकट्ठा करने को ही ज्ञान समझ लेता है लेकिन असली ज्ञान और जानकारी में बहुत बड़ा अंतर है। जब उसे इस बात की समझ मिलती है तब वह पहले खाने से दूसरे खाने में प्रवेश करता है।

दूसरे खाने में प्रारंभिक आध्यात्मिक (के.जी. का) ज्ञान मिलता है। अध्यात्म में आज लोगों ने प्रारंभिक जवाब पकड़कर रखे हैं, जो शुरुआत में ठीक हैं लेकिन आगे चलकर अंतिम सत्य पाने में बाधा बनते हैं। कुछ उदाहरण नीचे दिए गए हैं :

१. पिछले जन्म के कर्म इस जीवन में फल देंगे, दुःख का कारण बनेंगे।

२. आज के कर्म अभी कोई आनंद नहीं देंगे, अगले जन्म में ही उसका लाभ होगा।

३. भाग्य में होगा तो ही हम दुःख से मुक्त होंगे। (हकीकत में आनंद सभी का जन्मसिद्ध अधिकार है।)

४. ईश्वर – विशेष चेहरा, आभूषण, मेकअप रखता है तथा कुछ बातों पर नाराज होता है और कुछ बातों पर खुश होता है।

५. ईश्वर को दुनिया बनाने में सात दिन लगे।

६. आज जो बुरे लोग अच्छा जीवन जी रहे हैं, वे आनेवाले जन्म में भुगतेंगे।

के.जी. (K.G.) के अध्यात्म का जन्म कब और क्यों हुआ? :

बच्चा जब बड़ा होने लगता है तब उसके अंदर सवाल उठने लगते हैं लेकिन उन सवालों के जवाबों को समझने की शक्ति व गहराई उसमें नहीं होती। यह समय बड़ा नाजुक होता है। बिना जवाबों के उसे परेशानी होती है। ऐसे वक्त में जो जवाब बनते हैं वे के.जी. के जवाब होते हैं। वे जवाब विद्यार्थी की जिज्ञासा कुछ सालों के लिए शांत करते हैं। ये सब जवाब (ज्ञान) शुरुआत में बताना ठीक है लेकिन आगे चलकर इनके सही जवाब भी दिए जाने चाहिए। जैसे बच्चों को दादाजी के गुजरने पर बताया जाता है कि दादाजी अब मरने के बाद आसमान में तारे बनकर चमक रहे हैं। आगे चलकर, बड़ा होकर बच्चा जब भूगोल पढ़ता है तब उसे असलियत का पता चलता है कि दादाजी तारे नहीं बने थे। शुरू में असली जवाब समझना बच्चे के लिए कठिन होता है इसलिए प्रारंभिक जवाब, के.जी. के जवाब दिए जाते हैं। हमें जल्द से जल्द इस खाने से निकलकर तीसरे खाने (महाआसमानी-माध्यमिक आध्यात्मिक ज्ञान) में प्रवेश करना चाहिए क्योंकि अब हम बड़े हो चुके हैं। पुराने जवाबों को छोड़ने की तथा नए को स्वीकार करने की तैयारी रखें। अपनी बुद्धि लचीली (flexible) तथा विश्वास दृढ़ रखें। वरना कई लोग बुद्धि दृढ़ और विश्वास लचीला रखते हैं, जो हरदम बदलते रहता है।

तीसरे खाने 'एम.ए.' में माध्यमिक आध्यात्मिक (महाआसमानी) ज्ञान मिलता है। यह ज्ञान मिलते ही हम अपने आपको जान जाते हैं। सभी मान्यताओं से मुक्त होने लगते हैं। हेड से हृदय में स्थापित होने लगते हैं। (इसकी पूरी जानकारी पुस्तक के अंत में दी गई है।)

एम.ए. (M.A.) करने के बाद हम 'एस.एस.' में समझ संग (अंतिम सत्संग) में असली जवाब प्राप्त करते हैं और नक्शे के बीच में पहुँचते हैं, जहाँ पर है 'तेज' (अप्रकाशित प्रकाश), जहाँ पर खोजी (मन) का अंत होता है और ईश्वर प्रकट होता है।

परिशिष्ट

सरश्री अल्प परिचय

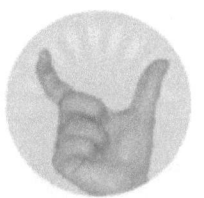

स्वीकार मुद्रा

सरश्री की आध्यात्मिक खोज का सफर उनके बचपन से प्रारंभ हो गया था। इस खोज के दौरान उन्होंने अनेक प्रकार की पुस्तकों का अध्ययन किया। अपने आध्यात्मिक अनुसंधान के दौरान उन्होंने लगभग सभी ध्यान पद्धतियों का भी अभ्यास किया। उनकी इसी खोज ने उन्हें कई वैचारिक और शैक्षणिक संस्थानों की ओर बढ़ाया। जीवन का रहस्य समझने के लिए उन्होंने **एक लंबी अवधि तक मनन करते हुए अपनी खोज जारी रखी, जिसके अंत में उन्हें आत्मबोध प्राप्त हुआ।** आत्मसाक्षात्कार के बाद उन्होंने जाना कि **अध्यात्म का हर मार्ग जिस कड़ी से जुड़ा है वह है– समझ (अंडरस्टैण्डिंग)।** उसके बाद उन्होंने अपने तत्कालीन अध्यापन कार्य को विराम लगाते हुए, लगभग दो दशकों से भी अधिक समय अपना समस्त जीवन मानव कल्याण के आध्यात्मिक विकास हेतु अर्पण किया है।

सरश्री कहते हैं, 'सत्य के सभी मार्गों की शुरुआत अलग-अलग प्रकार से होती है लेकिन सभी के अंत में एक ही समझ प्राप्त होती है। **'समझ' ही सब कुछ है और यह 'समझ' अपने आपमें पूर्ण है।** आध्यात्मिक ज्ञान प्राप्ति के लिए इस 'समझ' का श्रवण ही पर्याप्त है।' इसी समझ को उजागर करने के लिए उन्होंने आज तक **तीन हज़ार से अधिक आध्यात्मिक विषयों पर प्रवचन दिए हैं,** जिनके द्वारा वे अध्यात्म की गहरी संकल्पनाएँ सीधे और व्यावहारिक रूप में समझाते हैं। समाज के हर स्तर का इंसान सरश्री द्वारा बताई जा रही समझ का लाभ ले सकता है।

यह समझ हरेक को अपने अनुभव से प्राप्त हो इसलिए सरश्री ने **'महाआसमानी**

परम ज्ञान शिविर' और उसके लिए आवश्यक कार्यप्रणाली (सिस्टम) की रचना की है, **जिसका लाभ लाखों खोजी ले रहे हैं**। यह व्यवस्था आय.एस.ओ. (ISO 9001:2015) प्रमाणित है, जिसने अनेक लोगों को सत्य की राह पर चलने की प्रेरणा दी है। इसी समझ के प्रचार और प्रसार के लिए उन्होंने 'तेजज्ञान फाउण्डेशन' नामक आध्यात्मिक संस्था की नींव रखी है। इस संस्था का मुख्य उद्देश्य है- **'हॅपी थॉट्स द्वारा उच्चतम विकसित समाज का निर्माण'**।

विश्व का हर इंसान आज सरश्री के मार्गदर्शन का लाभ ले सकता है, जिसके लिए किसी भी धर्म, जाति, उपजाति, वर्ण, पंथ, रंग या लिंग का बंधन नहीं है। विश्व के हर कोने में बसे लोग आज तेजज्ञान की इस अनूठी ज्ञान प्रणाली (System for Wisdom) का लाभ ले रहे हैं। इस व्यवस्था के एक हिस्से के रूप में **लाखों लोग रोज़ सुबह और रात को ९ बजकर ९ मिनट पर विश्व शांति के लिए प्रार्थना करते हैं**।

सरश्री को **बेस्टसेलर पुस्तक 'विचार नियम' श्रृंखला के रचनाकार** के रूप में भी जाना जाता है, जिसकी **१ करोड़ से ज़्यादा प्रतियाँ केवल ५ सालों** में वितरित हो चुकी हैं। इसके अलावा उन्होंने विविध विषयों पर **१०० से अधिक पुस्तकों का लेखन** किया है, जिनमें से *'विचार नियम', 'स्वसंवाद का जादू', 'स्वयं का सामना', 'स्वीकार का जादू', 'निःशब्द संवाद का जादू', 'संपूर्ण ध्यान' आदि* पुस्तकें बेस्टसेलर बन चुकी हैं। ये पुस्तकें दस से अधिक भाषाओं में अनुवादित की जा चुकी हैं और प्रमुख प्रकाशकों द्वारा प्रकाशित की गई हैं, जैसे पेंगुइन बुक्स, जैको बुक्स, मंजुल पब्लिशिंग हाऊस, प्रभात प्रकाशन, राजपाल (ऍण्ड) सन्स, पेंटागॉन प्रेस, सकाळ प्रकाशन इत्यादि।

तेजज्ञान फाउण्डेशन – परिचय

तेजज्ञान फाउण्डेशन आत्मविकास से आत्मसाक्षात्कार प्राप्त करने का एक रास्ता है। इसके लिए सरश्री द्वारा एक अनूठी बोध पद्धति (System for Wisdom) का सृजन हुआ है। इस पद्धति को अन्तर्राष्ट्रीय मानक ISO 9001:2015 के आवश्यकताओं एवं निर्देशों के अनुरूप ढालकर सरल, व्यावहारिक एवं प्रभावी बनाया गया है।

इस संस्था की बोध पद्धति के विभिन्न पहलुओं (शिक्षण, निरीक्षण व गुणवत्ता) को स्वतंत्र गुणवत्ता परीक्षकों (Quality Auditors) द्वारा क्रमबद्ध तरीके से जाँचा गया। जिसके बाद इन पहलुओं को ISO 9001:2015 के अनुरूप पाकर, इस बोध पद्धति को प्रमाणित किया गया है।

फाउण्डेशन का लक्ष्य आपको नकारात्मक विचार से सकारात्मक विचार की ओर बढ़ाना है। सकारात्मक विचार से शुभ विचार यानी हॅपी थॉट्स (विधायक आनंदपूर्ण विचार) और शुभ विचार से निर्विचार की ओर बढ़ा जा सकता है। निर्विचार से ही आत्मसाक्षात्कार संभव है। शुभ विचार (Happy Thoughts) यानी यह विचार कि 'मैं हर विचार से मुक्त हो जाऊँ'। शुभ इच्छा यानी यह इच्छा कि 'मैं हर इच्छा से मुक्त हो जाऊँ'।

ज्ञान का अर्थ है सामान्य ज्ञान लेकिन तेजज्ञान यानी वह ज्ञान जो ज्ञान व अज्ञान के परे है। कई लोग सामान्य ज्ञान की जानकारी को ही ज्ञान समझ लेते हैं लेकिन असली ज्ञान और जानकारी में बहुत अंतर है। आज लोग सामान्य ज्ञान के जवाबों को ज़्यादा महत्त्व देते हैं। उदाहरण के तौर पर कर्म और भाग्य, योग और प्राणायाम, स्वर्ग और नर्क इत्यादि। आज के युग में सामान्य ज्ञान प्रदान करनेवाले लोग और शिक्षक कई मिल जाएँगे मगर इस ज्ञान को पाकर जीवन में कोई बड़ा परिवर्तन नहीं होता। यह ज्ञान या तो केवल बुद्धि विलास है या फिर अध्यात्म के नाम पर बुद्धि का व्यायाम है।

सभी समस्याओं का समाधान है- तेजज्ञान। भय से मुक्ति, चिंतारहित व क्रोध से आज़ाद जीवन है- तेजज्ञान। शारीरिक, मानसिक, सामाजिक, आर्थिक और आध्यात्मिक उन्नति के लिए है- तेजज्ञान। तेजज्ञान आपके अंदर है, आएँ और इसे पाएँ।

यदि आप ऐसा ज्ञान चाहते हैं, जो सामान्य ज्ञान के परे हो, जो हर समस्या का समाधान हो, जो सभी मान्यताओं से आपको मुक्त करे, जो आपको ईश्वर का साक्षात्कार कराए, जो आपको सत्य पर स्थापित करे तो समय आ गया है तेजज्ञान को जानने और शब्दोंवाले सामान्य ज्ञान से उठकर तेजज्ञान का अनुभव करने का।

अब तक अध्यात्म के अनेक मार्ग बताए गए हैं। जैसे जप, तप, मंत्र, तंत्र, कर्म, भाग्य, ध्यान, ज्ञान, योग और भक्ति आदि। इन मार्गों के अंत में जो समझ, जो बोध प्राप्त होता है, वह एक ही है। सत्य के हर खोजी को अंत में एक ही समझ मिलती है और इस समझ को सुनकर भी प्राप्त किया जा सकता है। उसी समझ को सुनना यानी तेजज्ञान प्राप्त करना है। तेजज्ञान के श्रवण से सत्य का साक्षात्कार होता है, ईश्वर का अनुभव होता है। यही तेजज्ञान सरश्री महाआसमानी परम ज्ञान शिविर में प्रदान करते हैं।

महाआसमानी परम ज्ञान शिविर परिचय और लाभ (निवासी)

क्या आपको उच्चतम आनंद पाने की इच्छा है? ऐसा आनंद, जो किसी कारण पर निर्भर नहीं है, जिसमें समय के साथ केवल बढ़ोतरी ही होती है। क्या आप इसी जीवन में प्रेम, विश्वास, शांति, समृद्धि और परमसंतुष्टि पाना चाहते हैं? क्या आप शारीरिक, मानसिक, सामाजिक, आर्थिक और आध्यात्मिक इन सभी स्तरों पर सफलता हासिल करना चाहते हैं? क्या आप 'मैं कौन हूँ' इस सवाल का जवाब अनुभव से जानना चाहते हैं।

यदि आपके अंदर इन सवालों के जवाब जानने की और 'अंतिम सत्य' प्राप्त करने की प्यास जगी है तो तेजज्ञान फाउण्डेशन द्वारा आयोजित 'महाआसमानी परम ज्ञान शिविर' में आपका स्वागत है। यह शिविर पूर्णतः सरश्री की शिक्षाओं पर आधारित है। सरश्री आज के युग के आध्यात्मिक गुरु और 'तेजज्ञान फाउण्डेशन' के संस्थापक हैं, जो अत्यंत सरलता से आज की लोकभाषा में आध्यात्मिक समझ प्रदान करते हैं।

महाआसमानी परम ज्ञान शिविर का उद्देश्य :

इस शिविर का उद्देश्य है, 'विश्व का हर इंसान 'मैं कौन हूँ' इस सवाल का

जवाब जानकर सर्वोच्च आनंद में स्थापित हो जाए।' उसे ऐसा ज्ञान मिले, जिससे वह हर पल वर्तमान में जीने की कला प्राप्त करे। भूतकाल का बोझ और भविष्य की चिंता इन दोनों से वह मुक्त हो जाए। हर इंसान के जीवन में स्थायी खुशी, सही समझ और समस्याओं को विलीन करने की कला आ जाए। मनुष्य जीवन का उद्‌देश्य पूर्ण हो।

'मैं कौन हूँ? मैं यहाँ क्यों हूँ? मोक्ष का अर्थ क्या है? क्या इसी जन्म में मोक्ष प्राप्ति संभव है?' यदि ये सवाल आपके अंदर हैं तो महाआसमानी परम ज्ञान शिविर इसका जवाब है।

महाआसमानी परम ज्ञान शिविर के मुख्य लाभ :

इस शिविर के लाभ तो अनगिनत हैं मगर कुछ मुख्य लाभ इस प्रकार हैं-

* जीवन में दमदार लक्ष्य प्राप्त होता है।
* 'मैं कौन हूँ' यह अनुभव से जानना (सेल्फ रियलाइजेशन) होता है।
* मन के सभी विकार विलीन होते हैं।
* भय, चिंता, क्रोध, बोरडम, मोह, तनाव जैसी कई नकारात्मक बातों से मुक्ति मिलती है।
* प्रेम, आनंद, मौन, समृद्धि, संतुष्टि, विश्वास जैसे कई दिव्य गुणों से युक्ति होती है।
* सीधा, सरल और शक्तिशाली जीवन प्राप्त होता है।
* हर समस्या का समाधान प्राप्त करने की कला मिलती है।
* 'हर पल वर्तमान में जीना' यह आपका स्वभाव बन जाता है।
* आपके अंदर छिपी सभी संभावनाएँ खुल जाती हैं।
* इसी जीवन में मोक्ष (मुक्ति) प्राप्त होता है।

महाआसमानी परम ज्ञान शिविर में भाग कैसे लें?

इस शिविर में भाग लेने के लिए आपको कुछ खास माँगें पूरी करनी होती हैं। जैसे-

१) आपकी उम्र कम से कम अठारह साल या उससे ऊपर होनी चाहिए।

२) आपको सत्य स्थापना शिविर (फाउण्डेशन ट्रुथ रिट्रीट) में भाग लेना होगा, जहाँ आप सीखेंगे- वर्तमान के हर पल को कैसे जीया जाए और निर्विचार

दशा में कैसे प्रवेश पाएँ।

३) आपको कुछ प्राथमिक प्रवचनों में उपस्थित होना है, जहाँ आप बुनियादी समझ आत्मसात कर, महाआसमानी परम ज्ञान शिविर के लिए तैयार होते हैं।

यह शिविर एक या दो महीने के अंतराल में आयोजित किया जाता है, जिसका लाभ हज़ारों खोजी उठाते हैं। इस शिविर की तैयारी आप दो तरीके से कर सकते हैं। पहला तरीका- मनन आश्रम (पूना) में पाँच दिवसीय निवासी शिविर में भाग लेकर, दूसरा तरीका- तेजज्ञान फाउण्डेशन के नजदीकी सेंटर पर सत्य श्रवण द्वारा। जैसे- पुणे, मुंबई, दिल्ली, सांगली, सातारा, जलगाँव, अहमदाबाद, कोल्हापुर, नासिक, अहमदनगर, औरंगाबाद, सूरत, बरोडा, नागपुर, भोपाल, रायपुर, चेन्नई, वर्धा, अमरावती, चंद्रपुर, यवतमाल, रत्नागिरी, लातूर, बीड, नांदेड, परभणी, पनवेल, ठाणे, सोलापुर, पंढरपुर, अकोला, बुलढाणा, धुले, भुसावल, बैंगलोर, बेलगाम, धारवाड, भुवनेश्वर, कोलकत्ता, राँची, लखनऊ, कानपुर, चंदीगढ़, जयपुर, पणजी, म्हापसा, इंदौर, इटारसी, हरदा, विदिशा, बुरहानपुर।

इनके अतिरिक्त आप महाआसमानी की तैयारी फाउण्डेशन में उपलब्ध सरश्री द्वारा रचित पुस्तकें, या यू ट्यूब के संदेश सुनकर भी कर सकते हैं। मगर याद रहे ये पुस्तकें, यू ट्यूब के प्रवचन शिविर का परिचय मात्र है, तेजज्ञान नहीं। आप महाआसमानी परम ज्ञान शिविर में भाग लेकर ही तेजज्ञान का आनंद ले सकते हैं। आगामी महाआसमानी परम ज्ञान शिविर में अपना स्थान आरक्षित करने के लिए संपर्क करें : 09921008060/75, 9011013208

महाआसमानी परम ज्ञान शिविर स्थान

महाआसमानी महानिवासी शिविर 'मनन आश्रम' पर आयोजित किया जाता है। यह आश्रम पुणे शहर के बाहरी क्षेत्र में पहाड़ों और निसर्ग के असीम सौंदर्य के बीच बसा हुआ है। इस आश्रम में पुरुषों और महिलाओं के लिए अलग-अलग, कुल मिलाकर 700 से 800 लोगों के रहने की व्यवस्था है। यह आश्रम पुणे शहर से 17 किलो मीटर की दूरी पर है। हवाई अड्डा, हाइवे और रेल्वे से पुणे आसानी से आ-जा सकते हैं।

मनन आश्रम : मनन आश्रम, पुणे, सर्वे नं. ४३, सनस नगर, नांदोशी गाँव, किरकट वाडी फाटा, तहसील - हवेली, जिला : पुणे - ४११०२४. फोन : 09921008060

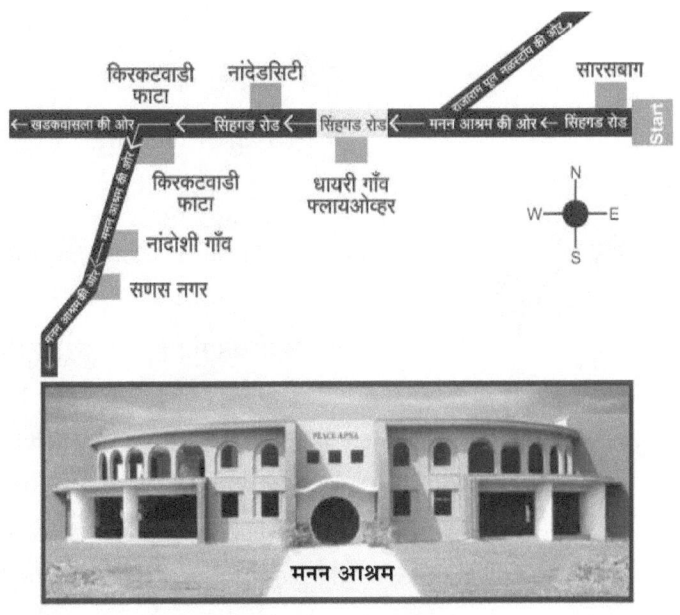

मनन आश्रम की ओर
मनन आश्रम की ओर
N
W
E

मनन आश्रम

अब एक क्लिक पर ही शिविर का रजिस्ट्रेशन !

तेजज्ञान फाउण्डेशन की इन शिविरों के लिए
अब आप ऑनलाईन रजिस्ट्रेशन भी कर सकते हैं-

* महाआसमानी परम ज्ञान शिविर परिचय और लाभ (पाँच दिवसीय निवासी शिविर)
* मैजिक ऑफ अवेकनिंग (केवल अंग्रेजी भाषा जाननेवालों के लिए तीन दिवसीय निवासी शिविर)
* मिनी महाआसमानी (निवासी) शिविर, युवाओं के लिए

रजिस्ट्रेशन के लिए आज ही लॉग इन करें

www.tejgyan.org

सरश्री द्वारा रचित श्रेष्ठ पुस्तकें

पृष्ठसंख्या : 144
मूल्य : ₹ 95

स्वीकार का जादू
तुरंत खुशी कैसे पाएँ

(with VCD)
Also available in Marathi & English

स्वीकार करना वह मंत्र है, जो तुरंत खुशी पाने के लिए सहायक होता है। जीवन के प्रत्येक पहलू पर स्वीकार का जादू असर करता है। सरश्री के संदेशों को समाहित करती यह पुस्तक स्वीकार के मर्म को प्रस्तुत करती है। ये संदेश हमारे तनावभरे जीवन में रोशनी के वे किरण हैं, जो ज्ञान के सूरज तक पहुँचाने में हमारी सहायता करते हैं।

पुस्तक के प्रथम खण्ड में स्वीकार से खुशी तक का मार्ग प्राप्त करने का विशेष उपाय बताया गया है। इसके साथ ही अस्वीकार को भी कैसे स्वीकार किया जा सकता है? इस पर गहन प्रकाश डाला गया है।

पुस्तक का दूसरा खण्ड सात प्रकार की खुशियों पर विस्तार पूर्वक प्रकाश डालता है। इसके माध्यम से खुशी के असली कारण का राज़ भी जाना जा सकता है। पुस्तक का अध्ययन हर वर्ग के लिए लाभप्रद है, चाहे वे गृहस्थ हों या फिर विद्यार्थी, नौकरीपेशा, व्यापारी, वृद्ध अथवा युवा। पुस्तक में आम दिनचर्या में शामिल हरेक पहलुओं और घटनाओं को शामिल किया गया है।

ईश्वर से मुलाकात
तुम्हें जो लगे अच्छा वही मेरी इच्छा

Also available in Marathi

पृष्ठसंख्या : 176
मूल्य : ₹ 175

कितनी शुभ है यह इच्छा, ईश्वर से मुलाकात करने की। क्या आपमें भी ऐसी इच्छा जगी है कि किसी दिन आप ईश्वर से मिल पाओ और बातें कर पाओ? यदि हाँ, तो देर किस बात की है? देर है आपके अंदर प्रार्थना उठने की।

यह प्रार्थना थी एक बच्चे की, जिसने मंदिर में अपने माता-पिता को ईश्वर की मूरत के आगे सिर झुकाते हुए देखा। बच्चे ने देखा कि कैसे मेरे माता-पिता रोज मंदिर आते हैं...यहाँ से थोड़ा-सा अमृत मिलने पर भी स्वयं को तृप्त महसूस करते हैं...रोज ईश्वर से बातें करते हैं...। तो उसके मन में प्रश्न उठा, 'हम तो रोज ईश्वर से बात करते हैं। ऐसा दिन कब आएगा, जब ईश्वर भी हमसे बात करेगा, हमसे मुलाकात करेगा?'

उस बच्चे का यह विचार उसकी प्रार्थना बन गया। इस प्रार्थना के बाद उस बच्चे को ईश्वर की सबसे खूबसूरत नियामत मिली-'भक्ति'; और वह बच्चा कहीं और नहीं, आपके अंदर है।

संपूर्ण लक्ष्य

पृष्ठसंख्या : 216
मूल्य : ₹ 175

Also available in Marathi,
English & Gujarati

जीवन में लक्ष्य का निर्धारण अति आवश्यक है। बिना नियोजित लक्ष्य के अपेक्षित परिणाम की आशा ही व्यर्थ है। संपूर्ण विकास इंसान का लक्ष्य होता है किंतु जागरूकता के अभाव में लक्ष्य आधा-अधूरा रह जाता है।

यह पुस्तक इसी विषय पर केंद्रित है, जो इंसान को संपूर्ण, शारीरिक, मानसिक, आर्थिक, सामाजिक व आध्यात्मिक विकास की दिशा में मार्गदर्शन कराती है। जिससे वह स्वत: संपूर्ण विकास का लक्ष्य प्राप्त कर सकता है। पुस्तक में सरश्री के प्रेरक प्रवचनों एवं लेखों का संकलन किया गया है।

पुस्तक मुख्यत: ६ खण्डों में विभक्त है। प्रथम खण्ड विद्यार्थियों तथा सफलता चाहनेवाले लोगों के लिए प्रेरणास्रोत है। शेष खण्डों में शारीरिक, मानसिक, आर्थिक, सामाजिक आदि विकास के बारे में विस्तार से प्रकाश डाला गया है। पुस्तक में भय, क्रोध, चिंता, अंहकार, ईर्ष्या आदि को संपूर्ण विकास की राह का रोड़ा बताया गया है और सरल शब्दों में इन विकारों से मुक्ति पाने की युक्ति का वर्णन किया गया है।

नींव नाइन्टी
नैतिक मूल्यों की संपत्ति

पृष्ठसंख्या : 192
मूल्य : ₹ 150

(with VCD)
Also available in Marathi & English

नींव यानी जड़ या आधार। अगर किसी मकान की नींव कमजोर होगी तो उसे धराशायी होने में देर नहीं लगेगी। उसी प्रकार यदि इंसान के चरित्र या अन्त:करण की नींव मजबूत नहीं है तो उसका पतन निश्चित ही है।

इस पुस्तक में इंसान की तुलना एक पुस्तक से की गई है। जिस प्रकार १० प्रतिशत कवर और ९० प्रतिशत पृष्ठों से निर्मित एक पुस्तक की सार्थकता अंदर के पृष्ठों में दी गई जानकारी से प्रमाणित होती है, ठीक वैसे ही इंसान का बाह्य रूप (१०%) उसके अन्त:करण (९०%) की सार्थकता से ही स्पष्ट होता है। इसी विषय पर केंद्रित सरश्री की पुस्तक 'नींव नाइन्टी' पाठकों के सर्वांगीण विकास की दिशा में मील का पत्थर है। पुस्तक में संपूर्ण चरित्र सौगात का सूत्र निर्धारित किया गया है। इसके अतिरिक्त नींव नाइन्टी मजबूत करने के सभी पहलुओं पर विस्तार से प्रकाश डाला गया है। जिससे पाठक अपने मानसिक, बौद्धिक, शारीरिक और आध्यात्मिक परिपक्वता को नया आयाम देकर समाज तथा देश के लिए प्रेरणा की जीवंत मिसाल बन सकते हैं।

– तेजज्ञान इंटरनेट रेडियो –

२४ घंटे और ३६५ दिन सरश्री के प्रवचन और
भजनों का लाभ लें,
तेजज्ञान इंटरनेट रेडियो द्वारा। देखें लिंक
http://www.tejgyan.org/internetradio.aspx

हर रविवार सुबह १०.०५ से १०.१५ तक रेडियो
विविध भारती, एफ. एम. पुणे पर 'हॅपी थॉट्स कार्यक्रम'

www.youtube.com/tejgyan
पर भी सरश्री के प्रवचनों का लाभ ले सकते हैं।
For online shoping visit us - www.tejgyan.org,
www.gethappythoughts.org

पुस्तकें प्राप्त करने के लिए नीचे दिए गए पते पर मनीऑर्डर द्वारा पुस्तक का मूल्य भेज सकते हैं। पुस्तकें रजिस्टर्ड, कुरियर अथवा वी.पी.पी. द्वारा भेजी जाती हैं। पुस्तकों के लिए नीचे दिए गए पते पर संपर्क करें।

* WOW Publishings Pvt. Ltd. रजिस्टर्ड ऑफिस-E-4, वैभव नगर, तपोवन मंदिर के नज़दीक, पिंपरी, पुणे- 411017
* पोस्ट बॉक्स नं. 36, पिंपरी कॉलोनी पोस्ट ऑफिस, पिंपरी, पुणे - 411017
  फोन नं.: 09011013210 / 9623457873

आप ऑन-लाइन शॉपिंग द्वारा भी पुस्तकों का ऑर्डर दे सकते हैं। लॉग इन करें - www.gethappythoughts.org
500 रुपयों से अधिक पुस्तकें मँगवाने पर 10% की छूट और फ्री शिपिंग।

e-mail
mail@tejgyan.com

website
www.tejgyan.org, www.gethappythoughts.org

- विश्व शांति प्रार्थना -

'पृथ्वी पर सफेद रोशनी (दिव्य शक्ति) आ रही है।
पृथ्वी से सुनहरी रोशनी (चेतना) उभर रही है।
विश्व से सारी नकारात्मकता दूर हो रही है।
सभी प्रेम, आनंद और शांति के लिए
खुल रहे हैं, खिल रहे हैं।
विश्व के सभी लीडर्स आउट ऑफ बॉक्स सोच रहे हैं,
विश्व के सभी लीडर्स शांतिदूत बन रहे हैं,
विश्व के सभी लीडर्स की इच्छा
ईश्वर की इच्छा बन रही है! धन्यवाद।'

यह 'सामूहिक अव्यक्तिगत प्रार्थना' तेजज्ञान फाउण्डेशन के सदस्य पिछले कई सालों से निरंतरता से कर रहे हैं। खुश लोग यह प्रार्थना कर सकते हैं और बीमार, दु:खी लोग उस वक्त एक जगह बैठकर इस प्रार्थना को ग्रहण कर स्वास्थ्य लाभ पा सकते हैं।

यदि इस वक्त आप परेशान या बीमार हैं तो रोज़ सुबह या रात 9:09 को केवल ग्रहणशील होकर इस भाव से बैठें कि 'स्वास्थ्य और शांति की सफेद रोशनी जो इस वक्त प्रार्थना में बैठे कई लोगों द्वारा नीचे पृथ्वी पर उतर रही है, वह मुझमें भी अपना कार्य कर रही है। मैं स्वस्थ और शांत हो रहा हूँ।' कुछ देर इस भाव में रहकर आप सबको धन्यवाद देकर उठें।

तेजज्ञान फाउण्डेशन – मुख्य शाखाएँ

पुणे (रजिस्टर्ड ऑफिस)
विक्रांत कॉम्प्लेक्स, तपोवन मंदिर के नज़दीक,
पिंपरी, पुणे-४११ ०१७. फोन : 020-27411240, 27412576

मनन आश्रम
सर्वे नं. ४३, सनस नगर, नांदोशी गाँव, किरकटवाडी फाटा,
तहसील– हवेली, जिला– पुणे – ४११ ०२४.
फोन : 09921008060

e-books

•The Source •Complete Meditation

•Ultimate Purpose of Success •Enlightenment

•Inner Magic •Celebrating Relationships

•Essence of Devotion •Master of Siddhartha

•Self Encounter, and many more.

Also available in Hindi at **GooglePlay** books and **Kindle**

e-magazines

'Yogya Aarogya' & 'Drushtilakshya'
emagazines available on www.magzter.com

www.ingramcontent.com/pod-product-compliance
Lightning Source LLC
LaVergne TN
LVHW041849070526
838199LV00045BA/1510
9789387696730